NAME: Justus Jonas
FUNKTION: Erster Detektiv
FRAGEZEICHENFARBE: weiß
BESONDERE MERKMALE: das Superhirn der drei ???; Meister der Analyse und Wortakrobatik; erstaunlich schneller Schwimmer; zu Hause auf dem Schrottplatz von Tante Mathilda und Onkel Titus; zupft beim Nachdenken an seiner Unterlippe
IST FAN VON: Tante Mathildas Kirschkuchen und Denksport aller Art

NAME: Peter Shaw
FUNKTION: Zweiter Detektiv
FRAGEZEICHENFARBE: blau
BESONDERE MERKMALE: für körperliche Herausforderungen immer zu haben, dafür kein Ass in der Schule; großer Tierfreund; Spezialist für Schlösser aller Art, die seinem Dietrichset einfach nicht standhalten können; neigt zu Vorsicht und Aberglauben
IST FAN VON: schnellen Autos (insbesondere seinem MG), der südkalifornischen Sonne, so ziemlich jeder Sportart

Die drei ???®

Die drei ???®

Höhenangst

erzählt von André Minninger

Kosmos

Umschlagillustration von Silvia Christoph, Berlin
Umschlaggestaltung von eStudio Calamar, Girona, auf der Grundlage der Gestaltung von Aiga Rasch (9. Juli 1941 – 24. Dezember 2009)

FSC
www.fsc.org
MIX
Papier aus verantwortungsvollen Quellen
FSC® C014496

Gedruckt auf chlorfrei gebleichtem Papier

Based on characters by Robert Arthur.

ISBN 978-3-440-14842-6
Redaktion: Anja Herre, Annemarie Chiappetta
Lektorat: Nina Schiefelbein
Produktion, Layout und Satz: DOPPELPUNKT, Stuttgart
Druck und Bindung: GGP Media GmbH, Pößneck
Printed in Germany / Imprimé en Allemagne

Die drei ???®
Höhenangst

Loomy

»Bob?«

Von außen klopfte es zaghaft an die Zimmertür.

»Bist du noch wach?«

Bob Andrews hatte die kleine Stehlampe auf seinem Nachtschrank bereits vor zehn Minuten gelöscht, doch er war noch nicht eingeschlafen. Er lag auf seinem Bett und ließ die Erlebnisse des Tages noch einmal vor seinem inneren Auge ablaufen, als die leise Stimme seiner Mutter ihn aus den Gedanken riss. Einem Reflex gehorchend schaltete er das Licht wieder an und warf einen kurzen Blick auf das Display seines Radioweckers. Es war bereits kurz vor Mitternacht.

»Du kannst reinkommen, Mum!«

Die Zimmertür wurde geöffnet und Mrs Andrews erschien im Türrahmen. In ihrer Hand hielt sie das Mobilteil des Telefons. Ihr Gesichtsausdruck wirkte nicht sonderlich erfreut.

»Da will dich jemand dringend sprechen«, sagte sie leicht angesäuert und trat an Bobs Bett heran. »Ein gewisser Loomy. Komische Stimme hat der. Ich habe ihm bereits deutlich zu verstehen gegeben, dass ich Anrufe zu dieser Zeit alles andere als annehmbar finde, aber er ließ sich nicht beirren und bestand sogar darauf, dass ich dich wecke, falls du schon schlafen solltest.«

Missmutig reichte sie ihrem Sohn den Hörer. »Gib ihm deine Handynummer, falls er vorhat, diese nächtlichen Plaudereien zu wiederholen, damit zumindest dein Dad und ich davon nicht gestört werden!«

Ohne ein weiteres Wort verließ sie kopfschüttelnd das Zimmer und schloss die Tür hinter sich.
»Bob Andrews hier«, sprach Bob in den Hörer. »Mit wem habe ich denn die Ehre?«
Aus dem kleinen Lautsprecher drang ein merkwürdiges Atmen, dann ertönte eine blecherne Stimme: »Du kannst mich Mortimer nennen, Terence oder auch Christopher. Aber wenn dir das nicht zusagt, wie wäre es dann einfach mit ›Loomy‹? Den Namen hat mir schließlich dieser Schmierfink angedichtet!«
»Bitte?!« Bob überkam eine Gänsehaut. Die Stimme des Anrufers war elektronisch verfremdet und glich der eines Roboters. War das ein Telefonstreich? Bob verspürte wenig Lust, sich darauf einzulassen. »Hören Sie, ich habe einen anstrengenden Tag hinter mir und würde jetzt gerne –«
»Du wirst dir anhören, was ich dir zu sagen habe!«, drang es aus dem Hörer. »Dies ist kein Spaß. Du solltest dich besser nicht mit mir anlegen, wenn dir dein Leben lieb ist. Und wenn du nicht –«
»Und wenn ich nicht *was*?« Bob ertappte sich dabei, dass sein Ärger und sein Unbehagen einer immer stärker werdenden Neugier wichen.
»Wenn du nicht tust, was ich dir sage, kann ich für nichts garantieren«, beendete die Person am anderen Ende der Leitung spürbar gereizt ihren Satz.
Bob nahm den Hörer vom Ohr und warf einen raschen Blick auf das Display: *Unbekannter Anrufer.* Hatte die Person ihre Telefonnummer bewusst unterdrückt?
»Du hast etwas gesehen, was du nicht hättest sehen dürfen«,

fuhr die Stimme fort. »Und du bist nicht nur Zeuge, sondern auch im Besitz von Beweisen.«

»Zeuge? Beweise?« Bob verstand kein Wort. »Wovon, um alles in der Welt, sprechen Sie?«

Es ertönte ein rasselndes unruhiges Atmen.

»Zu deinem Pech wurde deine äußere Erscheinung unverkennbar schriftlich festgehalten und veröffentlicht«, fuhr die Stimme dann fort. »Daher weiß ich, dass es sich um dich handelt, Bob Andrews. Das ist mir heute Nachmittag klargeworden. Kein Zweifel möglich. Meinst du etwa, mir wäre entgangen, wie stolz du diesem Schmierfinken gegenüber warst, ein Teil dieses Falles zu sein? Eure Blicke sprachen Bände! Aber diesen Triumph wirst du nicht mehr lange genießen können, Bob! Nicht mehr lange!«

Ein Knacken machte unmissverständlich klar, dass der Anrufer aufgelegt hatte.

Irritiert ließ Bob den Hörer auf die Bettdecke sinken. Was war das denn gewesen? Das hatte nicht nach einem harmlosen Telefonstreich geklungen. Ob es sich vielleicht um eine Verwechslung handelte? Aber woher wusste der Anrufer seinen Namen und die Nummer des Festnetzanschlusses? Und vor allem: Was sollte er, Bob, gesehen haben, was er nicht hätte sehen dürfen?

Nach einigen Minuten fieberhaften Grübelns hielt es Bob schließlich für das Beste, sich erst am nächsten Tag mit diesen Fragen zu beschäftigen. Jetzt, mitten in der Nacht, und hier von seinem Bett aus würde er damit nicht weiterkommen.

Um sich abzulenken, steckte er seine Nase noch für ein paar Minuten in das neue Buch, das er am Nachmittag bei *Book-*

smith in Rocky Beach erworben hatte. Ein spannender Krimi war jetzt genau das Richtige, zumal es sich dabei um den neuesten Roman seines Lieblingskrimiautors Ben Hustler handelte. Von ihm hatte er bisher jedes Buch mit großer Begeisterung verschlungen. *Höhenangst* lautete der Titel, und nach allem, was er bisher darüber wusste, versprach das Buch mal wieder, ein packender Thriller zu sein. Bob griff nach dem dicken Schmöker, kuschelte sich gemütlich in seine Bettdecke und begann zu lesen.

Gleich auf den ersten Seiten zog ihn die Geschichte tief in ihren Bann: Mitten in Los Angeles geschieht am helllichten Tag das nackte Grauen! Bei einem brutalen Banküberfall erbeutet der mit einer grauenerregenden Maske getarnte Täter 450 000 Dollar und nimmt dabei vier Frauen als Geiseln. Er stößt sie in den Laderaum seines bereitstehenden Kleinbusses und es gelingt ihm, zu entkommen. Weder die anschließende groß angelegte Fahndung im gesamten Stadtgebiet noch die anhand von Zeugenaussagen erstellte Beschreibung des Täters in allen Medien zeitigen irgendwelche Erfolge. Die entführten Opfer bleiben verschwunden.

Bob verschlang Zeile für Zeile, Seite um Seite. Am Ende des dritten Kapitels tauchen drei der entführten Frauen unerwartet wieder auf. Ihren Aussagen zufolge sind sie von dem offensichtlich geistig verwirrten Mann in einer entlegenen Hütte in den Santa Monica Mountains gefangen gehalten worden. Nachdem sie neun Tage bei Wasser und Brot ausgeharrt haben, ist es ihnen schließlich gelungen, den Entführer in einem dramatischen Kampf zu überwältigen und aus der Hütte zu fliehen …

Bob warf einen kurzen Blick auf die Anzeige seines Radioweckers: *01.10.*
Reichlich spät schon und eigentlich weit über der Zeit, zu der er für gewöhnlich das Licht ausmachte. Sollte er trotzdem weiterlesen? Ja ... ein Kapitel noch!
Er wollte zumindest erfahren, weshalb es nur *dreien* der vier Frauen geglückt war, den Fängen des Psychopathen zu entkommen. Aber das vierte Kapitel erläuterte stattdessen, weshalb die drei Entführungsopfer der festen Überzeugung waren, von einem Geisteskranken entführt worden zu sein: Der Mann mit der Gummimaske hatte sie wieder und wieder gezwungen, sich mit Lippenstift und Gesichtspuder aus einem von ihm zur Verfügung gestellten voll ausgestatteten Kosmetikkoffer zu schminken.
Bob verspürte ein wohliges Schaudern und begann mit dem fünften Kapitel. Er konnte einfach nicht aufhören. Doch dann stutzte er. Urplötzlich überkam ihn eine Woge starker Beklemmung. Mit einem Mal flogen seine Augen noch schneller von Zeile zu Zeile, und während er fieberhaft weiterlas, begannen seine Finger beim Umblättern immer mehr zu zittern ...

Gänsehaut

Die Zentrale der drei Detektive, in der Bob am folgenden Mittag eintraf, befand sich in einem alten Campingwagen, der, versteckt unter einem riesigen Haufen Gerümpel auf dem Schrottplatz des Gebrauchtwarencenters T. Jonas, den Jungen als Büro diente. In diesem Wohnwagen befand sich alles, was für die Ermittlungen des erfolgreichen Trios von Nutzen war: von Telefon und Rechner über ein kleines Chemielabor bis hin zum kompletten Aktenarchiv all ihrer bisher gelösten Fälle.
Dem Ersten Detektiv, Justus Jonas, dessen Onkel und Tante – Titus und Mathilda – den Gebrauchtwarenhandel auf dem Schrottplatzgelände betrieben, fiel bei Bobs Eintreffen sofort auf, dass mit dem dritten Detektiv etwas nicht stimmte.
»Hi, Leute!« Bob ließ sich in einen alten, durchhängenden Sessel plumpsen und streckte die Beine aus. »Ihr macht ja einen entspannten Eindruck.«
»Was man von dir nicht wirklich behaupten kann, Dritter!«
Bob zuckte zusammen. »Wie kommst du denn darauf? Ich hatte gehofft, mein schauspielerisches Talent würde zumindest für kurze Zeit ausreichen, um euch beide –«
»Mit Verlaub, Kollege«, fiel Justus ihm ins Wort und beugte sich nah über seinen Freund, »du bist leichenblass um die Nase und deine geröteten Augen lassen stark darauf schließen, dass du in der vergangenen Nacht nur wenig oder überhaupt nicht geschlafen hast. Stimmt's oder habe ich recht?«
»Lass mich auch mal sehen, Erster.« Der Zweite Detektiv, Peter Shaw, trat neugierig näher, um sich ebenfalls ein Bild von

Bobs Zustand zu machen. »Auweia! Du bist ja wirklich bleich wie der Tod. Als hätte dich Graf Dracula bis auf den letzten Blutstropfen leer gesogen! Steckt da etwa eine neue Freundin dahinter?«, feixte er.

»Quatsch, Zweiter! Und außerdem wird dir dein Grinsen gleich vergehen, wenn ich euch erzähle, was für einen Horror ich in der letzten Nacht erlebt habe!«

Bobs ernster Tonfall ließ Peter erschrocken aufhorchen. Justus zog einen Drehstuhl zu sich heran und ließ sich schwer darauf fallen. »Na, dann mal heraus damit, Dritter.«

»Sagt euch der Name Ben Hustler etwas?«

»Ben Hustler?« Peter senkte die Augenbrauen. »Ist das nicht dieser Krimiautor, der gerade überall so angesagt ist?«

»Genau«, bestätigte Bob, während er aus seinem Rucksack ein dickes Buch hervorholte und es seinen Freunden vor die Nase hielt. »Einer der wichtigsten Literaturkritiker hat ihn bei einer Buchbesprechung als den ›Gott des Realitythrillers‹ bezeichnet, was Ben Hustler über Nacht zum Starautor gemacht hat. Er wird sogar schon mit Stephen King, dem jahrzehntelang unangefochtenen König des Horrors, verglichen.«

»Realitythriller?« Peter zog die Augenbrauen hoch. »Was ist das denn?«

Justus war schneller als Bob. »Nun, dass der Markt der Kriminalromane hart umkämpft ist, wissen wir ja alle. Viele Autoren sind deshalb auf der Suche nach immer verrückteren Ideen. So hat Ben Hustler das neue Genre des ›Realitythrillers‹ erfunden, das die Welt der Kriminalliteratur momentan gehörig in Aufruhr versetzt«, erklärte er.

»Genau«, übernahm wieder Bob und legte das Buch neben

die Tastatur des Rechners. »Hustlers Romane basieren nämlich auf Verbrechen aus dem wahren Leben – meistens brutalen Morden –, die entweder gänzlich unaufgeklärt blieben oder bei denen die Beweislast für eine Verurteilung des potenziellen Täters nicht ausreichte. Solche Fälle greift Ben Hustler als Stoff für seine Krimis wieder auf. Er orientiert sich an den aus den vorliegenden Presseberichten bekannten Fakten, entwickelt daraus aber eigene – oft ziemlich geniale! – Theorien, wer der Mörder sein könnte und wie die Taten geplant und ausgeführt wurden. Und wie es den Tätern gelungen sein könnte, ihre Spuren so zu verwischen, dass man ihnen nicht auf die Schliche kam.« Der dritte Detektiv schluckte kurz. »Besonders brisant an seiner Vorgehensweise ist, dass er bei der Recherche für seine Romane Zeugen des Verbrechens und Verwandte der Mordopfer interviewt und diese Dialoge anschließend fast wortgetreu in seine Geschichten einbettet. Dabei –«

»Moment mal kurz«, fiel ihm Peter ins Wort. »Ich bin zwar kein Jurist, aber es gibt doch so etwas wie ein Persönlichkeitsrecht, oder wie man das nennt! Der kann doch nicht irgendwelche privaten Zeugenaussagen, die mit einem echten Mordfall im Zusammenhang stehen, so mir nichts, dir nichts in einem Roman veröffentlichen! Woher soll dieser Hustler denn wissen, ob die Befragten ihm auch tatsächlich die Wahrheit gesagt haben?! Da könnte er sich doch jedes Mal einen Haufen Ärger einhandeln, oder?«

»Alle Achtung, Peter!«, lobte Justus den Einwand seines Freundes. »Genau das wollte ich gerade ebenfalls anmerken. Aber ich hege die starke Vermutung, dass sich Ben Hustler und auch der Verleger seiner Romane eines Kniffs bedienen, um genau dieses Problem zu umschiffen. Stimmt doch, Bob, oder?«

»Natürlich«, entgegnete Bob und schlug nervös die Beine übereinander. »Meint ihr etwa, die setzen sich nach der Panne, die ihnen mit seinem ersten Buch passiert ist, noch mal der Gefahr einer einstweiligen Verfügung aus? Klar haben die sich gründlich abgesichert.«

»Und wie?«

»Ganz einfach, Peter: Hustler gibt den beteiligten Personen seiner Thriller natürlich komplett andere Identitäten, egal ob Opfern oder Zeugen, und verlegt die Fälle an ganz andere Orte, was es beinahe unmöglich macht, die beteiligten Personen der echten Fälle herauszufinden. Dies gibt den Fans von Hustlers Büchern immer Anlass zu wilden Spekulationen und eigenen Interpretationen. Ich bin mir übrigens ziemlich sicher, dass sich schon manch einer der realen Täter durch Hustlers Werke ertappt gefühlt hat ...«

Peter schüttelte sich und verzog das Gesicht. »Und so 'ne harte Kost liest du freiwillig? Am besten noch direkt vor dem Schlafengehen?«

Bob nickte stumm.

»Na, jetzt wundert es mich nicht im Geringsten, dass du so völlig neben der Spur hier auftauchst«, stichelte der Zweite Detektiv. »Versuch es das nächste Mal doch vielleicht besser mit 'ner hübschen Liebesgeschichte! Bei Kelly liegen ein paar von diesen kitschigen Schundromanen rum. Für mich ist das ja nichts, aber ich kann sie gerne für dich –«

»Danke, lass mal gut sein, Zweiter!«, unterbrach ihn Bob schroff. Er schien dabei ins Leere zu starren.

Justus' Neugier war nun vollends geweckt. »Los, Bob, nun spann uns nicht länger auf die Folter! Was ist letzte Nacht geschehen?«
Mit einem schweren Seufzer erhob sich der dritte Detektiv aus dem Sessel und begann, in der engen Zentrale unruhig auf und ab zu gehen. »Also schön, ich versuche es kurz zu machen: Ich habe schon mehrere Bücher von Ben Hustler gelesen und oute mich hiermit als absoluter Fan. Ihr könnt euch also denken, wie begeistert ich war, als mich unsere Freundin Lesley Dimple von der Buchhandlung *Booksmith* anrief und mir verriet, dass Ben Hustler nach Rocky Beach kommt, um bei *Booksmith* sein neuestes Werk vorzustellen und zu signieren.«
»Wann ist die große Autogrammstunde denn?«, wollte Peter wissen.
»*War*, Zweiter, sie hat schon stattgefunden, und zwar gestern Nachmittag. Dass es voll werden würde, war ja zu erwarten, aber es kamen so viele Hustler-Fans angepilgert, dass der kleine Buchladen fast aus allen Nähten geplatzt ist. Ben hat sich trotzdem für jeden viel Zeit genommen.«
»Das tust du gerade auch, Bob!«, drängte ihn Justus ungeduldig. »Fasse dich kurz!«
»Ich musste bestimmt eine Stunde in der Warteschlange stehen, bevor ich endlich an der Reihe war. Ben war unglaublich nett und unkompliziert und hat mir sogar eine persönliche Widmung in sein neuestes Buch –«
»*Dieses* hier?«, fragte Peter, griff sich den dicken Schmöker vom Tisch und begutachtete ihn neugierig von allen Seiten. Das Buch hatte einen Einband aus blutrotem Kunstleder, in das der Titel in schwungvollen Lettern silbern eingeprägt war.

»*Höhenangst*«, las der Zweite Detektiv laut vor und schlug die ersten Seiten auf. »*Für Bob Andrews, meinen größten Fan! Ben Hustler.*« Er reichte das Buch an Justus weiter. »Schau mal, Erster!«
»Nicht schlecht«, kommentierter dieser nach einem kurzen Blick trocken. »Und zu einem netten Plausch ist es offenbar auch gekommen.«
»Das stimmt, Justus!« Zum ersten Mal huschte ein kurzes Lächeln über Bobs Gesicht. »Ich konnte mich einfach nicht zurückhalten, Mr Hustler zu sagen, wie großartig ich seine Bücher finde! So eine Gelegenheit hat man ja schließlich nicht alle Tage.«
»Also rundum ein voller Erfolg.«
Bob nickte, woraufhin sich sein Gesicht aber gleich wieder verfinsterte. »Und dann plötzlich dieser Anruf gestern Nacht«, sagte er leise.
»Aha! Jetzt kommt's endlich.« Auf diesen Moment hatte Justus die ganze Zeit gewartet. »Los, erzähl!«
»Gestern Nacht, als ich schon im Bett lag, kam meine Mum genervt in mein Zimmer und reichte mir das Telefon, weil ein Typ unbedingt verlangte, mich noch zu sprechen. Die Stimme war elektronisch verzerrt, aber *noch* unheimlicher war das, was sie zu mir gesagt hat …«
»Also ein Verrückter!«, entwich es Peter spontan. »Oder ein Scherzbold, der dich hochnehmen wollte?«
»Nein, ich fürchte, leider keins von beidem, Zweiter …«
»Sondern?«
Auf Bobs Armen bildete sich trotz der sommerlichen Temperatur eine Gänsehaut.

»Dieser Loomy, falls er denn wirklich so heißen sollte, ist höchstwahrscheinlich ein psychopathischer Frauenmörder, nach dem international gefahndet wird!«

Unliebsame Zeugen

Peter blieb für einige Sekunden der Mund offen stehen. Doch dann fing er plötzlich lauthals zu lachen an. »Ja, alles klar, Bob! Ich verstehe. Erst kaufst du dir ein Buch von diesem Thrillertypen, kriegst dann einen Anruf von so einem Witzbold und jetzt behauptest du, dass der ein Mörder ist! Du liest eindeutig zu viel von diesem Zeug. Also wenn du –«

»Hör auf, Peter«, fiel ihm Justus energisch ins Wort und deutete auf Bob. »Schau ihn dir mal an! Das sieht nicht nach einem blöden Scherz aus.«

»Aber ... aber dann ...« Peters Augenlider begannen nervös zu zucken. »Wie ... wie ist das Ganze *dann* zu verstehen?«

Bob löste sich aus seiner Starre und blickte seine Freunde mit ernster Miene an. »Der Typ hat am Telefon behauptet, dass ich etwas gesehen hätte, was ich nicht hätte sehen dürfen, ich vermute also, irgendeine Art von Verbrechen. Zuerst hielt ich seinen Anruf auch nur für einen makabren Scherz. Nachdem ich dann aber die ersten Kapitel in Ben Hustlers Buch gelesen hatte, wurde mir schlagartig klar, dass es dieser Loomy wirklich ernst meinte und es sich bei ihm um den realen Täter von Hustlers Geschichte handeln muss.«

»Der reale Täter? Wieso denkst du das?«, hakte der Erste Detektiv nach.

Bob nahm Justus das Buch aus der Hand und sank wieder in den Sessel zurück. Mit wenigen Sätzen gab er den Inhalt des Teils, den er schon gelesen hatte, wieder.

Peter spürte, wie sich ihm die Kehle zuschnürte. »Mann, Bob, damit könntest du auf jeder Halloweenparty die Leute das Fürchten lehren ...«

»Warte, das Wichtigste kommt noch!«, erwiderte der dritte Detektiv und strich sich fahrig mit der Hand über die Stirn. »Im fünften Kapitel meldet sich jemand bei einem der überlebenden Opfer dieses Psychopathen und behauptet, Augenzeuge eines äußerst verstörenden Vorfalls gewesen zu sein.«

»Und was genau hat dieser Zeuge beobachtet?«, wollte Peter wissen.

Bob schlug eine Stelle im Buch auf, die durch ein Lesezeichen markiert war. »Ich lese es euch vor.«

»Nur zu«, entgegnete Justus, während er sich im Schneidersitz auf den Boden setzte und konzentriert die Augen schloss.

»Kathy Snyder fühlte sich, als hätte man ihren Körper an ein Starkstromkabel angeschlossen«, begann Bob. *»Die Tatsache, dass diese offensichtlich sehr ambitionierte Reporterin der CNN-Nachrichten gerade die wirklichen Namen aller Entführungsopfer dieses grauenhaften Mordfalles preisgegeben hatte, ließ Kathy das Blut in den Adern gefrieren. Impulsiv schaltete sie den Fernseher aus. Sie begann, am ganzen Leib zu zittern. Dieser Killer war soeben darüber in Kenntnis gesetzt worden, wie die unliebsamen Zeuginnen seines Verbrechens hießen, und ihr war sofort klar, dass er nun alles daransetzen würde, jede von ihnen zum Schweigen zu bringen. ›Weg hier! Du musst sofort abhauen!‹ Keine Sekunde war sie jetzt noch sicher in diesem Apartment. Fieberhaft überlegte Kathy, bei welchen Freunden sie untertauchen konnte. Jamie Russel? Nein, zu riskant! Der wohnte nur zwei Straßen weiter. Und was war mit Nancy Fallon? Noch ehe sie – DRRRRRRRRRRRRR!*

Kathy fuhr erschrocken zusammen. Das schrille Klingeln des Telefons bohrte sich in ihre Gehörgänge. Ohne weiter nachzudenken, eilte sie auf den kleinen Beistelltisch zu und riss den Hörer des Telefons an sich.

›Ja?‹

›Bitte entschuldigen Sie, Madam‹, ertönte die leise Stimme eines offensichtlich jungen Mannes aus dem Lautsprecher. ›Spreche ich mit Kathy Snyder?‹

Der jungen Frau stockte der Atem.

›Hallo? Hallo! Sind Sie noch dran?‹, fragte der Anrufer verunsichert.

›Wer… wer sind Sie?‹, brachte Kathy hervor, obwohl ihre Beine heftig zu zittern begonnen hatten.

›Ich habe den Irren gesehen, Madam‹, drang es aus dem Hörer. ›Ich habe zufällig beobachtet, wie er die tote Frau, ääh, diese Mrs Foster, am See aus seinem Jeep geworfen hat. Dann hat er seine Maske abgenommen und ich konnte sein Gesicht sehen!‹

Kathy nahm die Worte des Anrufers zuerst nur wie durch einen Wattebausch wahr.

›Aber er konnte mich nicht sehen. Ich kam vom Angeln und das Gebüsch bot mir zum Glück genug Deckung, sonst –‹

›Wer sind Sie?‹, fragte Kathy erneut.

›Das tut doch nichts zur Sache!‹, entgegnete die Stimme. ›Sagen Sie der Polizei nur, dass ich sein Gesicht gesehen habe! Außerdem hat der Kerl eine Glatze, und sein Hinterkopf …‹

Kathys Puls beschleunigte sich. ›Warum reden Sie nicht weiter? Was ist mit seinem Hinterkopf?‹

Der Anrufer zögerte kurz. ›Nun, ich … also, sein Hinterkopf sah aus, als wäre eine … eine Metallplatte draufgeschraubt!‹

›Bitte?!‹ Kathy glaubte, sich verhört zu haben. ›Eine ... Metallplatte? Wie ... wie meinen Sie das?‹

›Ich weiß ja, es klingt vollkommen verrückt, aber der Hinterkopf war aus Metall! So, als hätte der Kerl mal eine heftige Operation gehabt, bei der man seinen Hinterkopf ...‹ Er rang verzweifelt nach den passenden Worten. ›Ich kann es nicht erklären, Madam. Aber wenn man den Typen schnappen will, muss man nach einem Mann mit metallenem Hinterkopf suchen!‹

Kathys Gedanken drehten sich wie ein Karussell. Dennoch versuchte sie alles, was der Anrufer ihr eben mitgeteilt hatte, richtig zu verarbeiten. ›Und weshalb wenden Sie sich mit diesen extrem wichtigen Beobachtungen nicht sofort an die Polizei, sondern erzählen mir davon am Telefon?‹

›Glauben Sie etwa, ich bin bescheuert? Ich habe gerade die Nachrichten gesehen. Die posaunen doch dann auch meinen Namen heraus! Meinen Sie etwa, ich wäre scharf darauf, das nächste Opfer dieses Stahlmonsters zu werden? Aber wie dem auch sei: Sie wissen jetzt, was ich gesehen habe, und es liegt ganz allein in Ihrer Hand, was Sie mit diesen Infos anfangen. Geben Sie sie an die Bullen weiter oder lassen Sie es bleiben!‹«

Nach diesen Worten hielt Bob mit dem Lesen inne und blickte seine Freunde beklommen an.

»Was ist?«, reagierte Peter irritiert. »Warum liest du nicht weiter?«

Langsam ließ Bob das Buch auf seine Oberschenkel sinken. »Weil mir am Ende dieses Kapitels plötzlich klar wurde, weshalb mich dieser Loomy gestern Nacht angerufen hatte. Er muss sich gestern ebenfalls bei *Booksmith* aufgehalten und mich dort gesehen haben. Er hat was davon gesagt, dass er mich *heute* – also gestern – erkannt hätte, weil meine äußere Erscheinung unverkennbar schriftlich festgehalten und veröffentlicht worden wäre. Er muss das Buch gemeint haben.«

Justus begann nachdenklich an seiner Unterlippe zu zupfen. »Du meinst, er hält dich aus irgendeinem nicht nachvollziehbaren Grund für diesen Zeugen, der ihn beim Entsorgen der Leiche aus seinem Jeep beobachtet hat?«

Zitternde Hände

Bob nickte stumm.
»Was hat ihn aber dazu gebracht, zu glauben«, wollte Justus wissen, »dass ausgerechnet *du* dieser betreffende Zeuge bist?«
Voll Unbehagen krallten sich Bobs Finger in die weich gepolsterten Armlehnen des Sessels. »Er meinte, anhand meiner äußeren Erscheinung und der Art und Weise, wie ich mit Ben Hustler gesprochen habe, sofort erkannt zu haben, dass *ich* der Zeuge sei, der in dem Buch beschrieben ist.« Nachdenklich pulte er ein Stück Schaumgummi aus der Armlehne. »Er kann uns ja nur dort zusammen gesehen haben«, sinnierte er laut vor sich hin. »Ben Hustler und ich sind uns gestern bei *Booksmith* zum allerersten Mal überhaupt persönlich begegnet. Und wie konnte dieser Psycho meinen Namen und unsere Telefonnummer herausbekommen?«
»Darf ich noch mal sehen?« Justus griff nach dem Buch auf Bobs Schoß, blätterte zur ersten Seite zurück und warf einen kurzen Blick auf die handschriftliche Widmung des Autors. Ein triumphierendes Lächeln umspielte plötzlich seine Mundwinkel. »Letzteres ist leicht zu beantworten. Schau doch mal!« Mit dem Finger tippte er auf die betreffende Seite. »Hier steht: *Für Bob Andrews, meinen größten Fan!* Na, klingelt es jetzt?«
»Oh, Mann! Das darf ja wohl nicht wahr sein ...« Bob ließ seine flache Hand gegen die Stirn klatschen. »Aber klar doch: Ich musste Hustler zum Signieren ja meinen vollen Namen nennen. Wie sonst hätte er ihn ins Buch schreiben können?«
»Korrekt!«, erwiderte Justus. »Somit brauchte dieser Loomy

einfach nur genau hinzuhören. Es dürfte dann ein Leichtes für ihn gewesen sein, das Telefonbuch zur Hand zu nehmen, nacheinander alle eingetragenen Teilnehmer mit dem Namen Andrews in der Gegend um Rocky Beach anzurufen und nach einem ›Bob‹ zu fragen, bis er dich schließlich an der Strippe hatte.«

Peter fuhr sich mit der Zunge über die trockenen Lippen. »Genauso könnte es gewesen sein, Erster. Aber –«

»Könnte!«, wartete Justus Peters Einwand gar nicht erst ab. »Im Prinzip könnte sich alles so abgespielt haben, wie Bob es uns dargestellt hat. Andererseits halte ich es für ziemlich unrealistisch, dass ein gesuchter Mörder, für den sich dieser Loomy ja ausgibt, tatsächlich so unklug wäre, auf diese Weise zu handeln. Einem Mann, dem es gelungen ist, trotz intensivster Fahndung bis jetzt nicht ausfindig gemacht zu werden, müsste eigentlich klar sein, dass er sich durch diesen Anruf dem Risiko anheimgibt, doch noch im Gefängnis zu enden.«

»Dann glaubst du also, dass das alles doch nur ein makabrer Scherz war?«, horchte Peter sichtlich erleichtert auf. »Diese Theorie wäre mir am liebsten.«

»Der Schluss liegt zumindest nahe. Wir sollten immer im Auge behalten, dass wir hier die ganze Zeit über Dinge diskutieren, die ein Thrillerautor als Roman zu Papier gebracht hat«, erklärte der Erste Detektiv in sachlichem Tonfall. »Solange wir also nicht sicher wissen, ob die im Buch geschilderten Handlungen und Personen, inklusive des jugendlichen Zeugen, auch wirklich realen Ursprungs sind, ist es höchst fraglich, ob es irgendeinen Sinn ergibt, dass wir uns mit der Sache weiter beschäftigen.«

»Da hast du nicht ganz unrecht«, pflichtete Bob dem Ersten Detektiv bei. »Wobei es für mein Gefühl auch durchaus sinnvoll wäre, jemandem, der solche Scherze macht, das Handwerk zu legen. Witzig war das nämlich absolut nicht! Übrigens ist *Booksmith* seit einem Einbruch vor wenigen Monaten durch Überwachungskameras gesichert, worauf bereits im Eingangsbereich unübersehbar aufmerksam gemacht wird. Ein gesuchter Mörder, dem bekannt ist, dass es einen Zeugen gibt, der sein wahres Gesicht kennt und ihn identifizieren könnte, würde doch diesem gegenüber niemals erwähnen, dass er sich mit ihm zur selben Zeit in ein und demselben Raum befunden hat, wenn er weiß, dass dieser Raum von Videokameras überwacht wird.«

Er grinste erst Peter und dann Justus an. »Da hat wohl einer dieser durchgeknallten Fans, von denen ja gestern eine ganze Horde im Laden war, diese kranke Psychonummer mit mir abgezogen! Da waren nämlich auch einige darunter, die ich persönlich kenne. Und ich Esel bin voll darauf reingefallen! Beinahe blamabel, dass das ausgerechnet einem Mitglied der drei ??? passiert ist.« Er seufzte kurz auf. »Im Nachhinein kann ich meine Panik auch ganz und gar nicht mehr nachvollziehen.«

Auch Peters Mundwinkel verzogen sich zu einem Grinsen. »Eigentlich bin *ich* ja der Schisser in unserem Bunde«, feixte er mit erkennbarer Genugtuung. »Umso mehr genieße ich es, zu sehen, dass auch *du* dich manchmal in solche Sachen hineinsteigern kannst! Da weißt du mal, wie –«

Das schrille Handyklingeln aus Bobs Gesäßtasche hinderte Peter daran, weiteren Spott über seinen Freund auszuschütten.

Der dritte Detektiv zog sein Mobiltelefon hervor und warf einen Blick auf das Display.

Unbekannter Anrufer.

Er drückte auf den grünen Knopf und führte das Handy an sein Ohr. »Ja, Bob Andrews hier!« Keine Sekunde später legte er seinen Zeigefinger an die Lippen und signalisierte seinen Freunden damit, sich mucksmäuschenstill zu verhalten. Dann drückte er auf die Lautsprechertaste des Handys, sodass die beiden das Gespräch mitverfolgen konnten.

»… aber selbst die Polizei wird dir nicht helfen können, Bob Andrews!«, war eine unheimliche Roboterstimme zu vernehmen.

»Sorry«, gab Bob selbstbewusst von sich, »aber wenn du jemanden veräppeln willst, such dir bitte ein anderes Opfer! Ich habe nämlich inzwischen kapiert, was da läuft. War aber eine ziemlich abgefahrene Nummer von dir, ich gratuliere!«

Anscheinend hatte Bob den Anrufer aus dem Konzept gebracht, denn es dauerte einige Sekunden, bis der reagierte. »Wie meinst du das?«

»Also jetzt hör mir mal gut zu: Meine Mutter war total genervt, dass du sie gestern Nacht noch so spät aus dem Bett geklingelt hast! Mit deiner blöden Aktion hast du sie noch wesentlich mehr geärgert als mich. Du *bist* kein Mörder und *ich* bin auch nicht der Zeuge aus Ben Hustlers Roman! So, und jetzt haben wir alle schön gelacht und damit möchte ich das Gespräch beenden! Auf Nimmerwiederhören, du Spinner! Und wenn du –«

»Du bluffst – und das leider ziemlich mies!«, erklang wieder die Stimme am anderen Ende. »Anscheinend bist du mit dem

Lesen dieses Machwerks noch nicht so weit gekommen, wie ich gehofft hatte. Sonst wüsstest du inzwischen schon, dass dem Zeugen sehr bald etwas Schreckliches zustößt.«

Bobs Hand begann zu zittern.

»Diesen Teil hat sich zwar der clevere Hustler ausgedacht, aber für die Anregung bin ich ihm sehr dankbar!« Der Anrufer hielt kurz inne. »Du kannst sicher sein, dass ich alles wortgetreu in die Tat umsetzen werde. Ich nehme an, du verstehst die Aussage dieses bekannten Sprichworts sehr genau?«

Bobs anfängliche Coolness war plötzlich wieder Panik gewichen. »Welches ... welches Sprichwort meinen Sie?«, stotterte er verstört.

»*Tote Vögel singen nicht.*« Der emotionslose, kalte Klang dieser Stimme ließ den drei Detektiven das Blut in den Adern gefrieren. Dann knackte es in der Leitung. Der unheimliche Anrufer hatte das Gespräch erneut abrupt beendet.

Innere Stimme

»Also, der hat sie doch nicht mehr alle!«, empörte sich Peter und ging nervös auf und ab.
Justus dachte derweil scharf nach. »Ein Anruf, der unsere vorigen Überlegungen wieder in Zweifel zieht. Bob, weißt du aus dem Internet vielleicht irgendetwas Interessantes, was Ben Hustlers Privatleben betrifft, irgendwelche ungewöhnlichen Details, die uns bei den Ermittlungen dienlich sein könnten?«
»Nicht wirklich«, musste der dritte Detektiv eingestehen. Er versuchte, seinen Schreck abzuschütteln. »Der Starautor hält sich in diesem Punkt äußerst bedeckt. Er scheint sehr darauf bedacht zu sein, nichts Persönliches von sich nach außen dringen zu lassen. Ich kann mich nur an einen Artikel in einer Klatschzeitung erinnern, in dem Ben Hustlers Mutter ihre bittere Enttäuschung darüber zum Ausdruck bringt, dass ihr Sohn nach einem höchst dramatischen Vorfall jeglichen Kontakt zu ihr abgebrochen hat. Was das für ein Vorfall war, hat sie nicht verraten. Da Mrs Hustler aber für die Buchhaltung ihres Sohnes verantwortlich war, wurde vermutet, dass finanzielle Gründe für das Zerwürfnis zwischen Mutter und Sohn gesorgt haben.«
»Ach?!« Peter horchte verwundert auf. »Und die Presse hat nicht weiter nachgehakt? Die Klatschreporter sind doch sonst so neugierig.«
»Vermutlich hätten sie das auch gemacht«, entgegnete Bob sarkastisch. »Dazu kam es dann aber nicht mehr, weil Mrs Hustler einige Wochen später unerwartet starb. Eine schlim-

me Zeit für Ben Hustler, denn kurz zuvor war bereits schon seine Beziehung in die Brüche gegangen.«

»Na großartig, nichts als Leichen, wohin man schaut.«

»Und durchaus nicht uninteressant!« Der Erste Detektiv war jetzt Feuer und Flamme. »Bob, weißt du außerdem, ob bereits Spekulationen im Internet kursieren, welcher wahre Mordfall Hustlers neuem Roman als Vorlage gedient haben könnte? Das hast du doch sicher schon recherchiert, stimmt's?«

Bob nickte. »Allerdings hat noch keiner der Leser einen Mordfall aufgestöbert, der auch nur annähernd Parallelen zu Hustlers *Höhenangst* aufweist. Die Fans scheinen sich die Zähne daran auszubeißen.«

»Halt, halt, halt!«, rief Peter aufgebracht in die Runde. »Wir waren uns doch einig, dass sich da jemand einen üblen Scherz mit Bob erlaubt hat. Dieser Loomy ist ein Spinner und Bob ist kein Zeuge. Es gibt demnach überhaupt keinen Grund, noch weiter über diesen Schwachsinn nachzudenken.«

»Leider sehe ich das nach diesem zweiten Anruf etwas anders, Peter«, entgegnete Justus und knetete seine Unterlippe.

»Das ist mir nach deiner Frage schon klargeworden!«, giftete der Zweite Detektiv zurück und warf seinem Freund einen vorwurfsvollen Blick zu. »Aber diese Sache ist kein Fall für die drei ???, alles klar? Ganz egal, ob wir es hier mit einem harmlosen Spinner zu tun haben oder mit ...«, er schluckte kurz, »... einem echten Mörder: Wenn es um Mord geht, hört für mich der Spaß auf! Unser Motto lautet schließlich nicht: ›Mord ist unser Hobby‹!«

»Wohl aber: ›Wir übernehmen jeden Fall‹, falls mir diese Anmerkung gestattet ist.«

»Ach, nun hört schon auf!«, fuhr Bob dazwischen. »Glaubst du tatsächlich nicht mehr an die Telefonstreichtheorie?«, wollte er von Justus wissen.
Der Erste Detektiv verschränkte demonstrativ die Arme. »Ich bin natürlich kein Psychologe, Kollegen, aber die Art und Weise, wie dieser Typ sich dir gegenüber artikuliert hat …« Er machte eine kurze Pause und knetete erneut seine Unterlippe.
Bob spürte, wie sein Gaumen plötzlich trocken wurde. »Nun sag es doch endlich, Justus!«
»Ein guter Detektiv sollte, neben der Betrachtung der nackten Tatsachen, auch stets auf seine Intuition hören«, antwortete dieser mit erhobenem Zeigefinger. »Und meine innere Stimme sagt mir, dass dieser Loomy felsenfest davon überzeugt ist, dass du für ihn eine Bedrohung darstellst, Bob!«
»Aber das ist doch vollkommen verrückt!«, platzte Peter endgültig der Kragen. »Weshalb sollte sich dieser Irre aus Millionen von Menschen ausgerechnet Bob herauspicken und ihn so mir nichts, dir nichts einer Sache beschuldigen, mit der er nicht das Geringste zu tun hat?«
Der Erste Detektiv nickte zustimmend. »Du hast absolut recht, Zweiter! Insbesondere dieser Frage gilt es nachzugehen.«
»Bitte?!« Peter glaubte sich verhört zu haben. »Und welchen Fragen denn noch?«
»Zuerst gilt es zu klären, ob Ben Hustlers Thriller tatsächlich auf einem realen Mordfall basiert oder ob es sich bei dieser Behauptung des Verlages einfach nur um eine raffinierte Marketingkampagne handelt. Die Tatsache, dass die Fangemeinde nicht einen einzigen Fall finden konnte, der Parallelen zu

Hustlers Buch aufweist, deutet meines Erachtens eher auf Letzteres hin.«

»Kann sich ein Verlag einen solchen Schwindel überhaupt leisten?« Peter runzelte die Stirn. »Ich meine, wenn das herauskäme, hätten die doch einen riesigen Imageschaden und Ben Hustler genauso!«

Justus' Unterlippe war mittlerweile vom vielen Kneten knallrot geworden.

»Kollegen, wenn wir Licht in diese mehr als finstere Angelegenheit bringen wollen, bleibt uns nur eine Möglichkeit: Wir müssen Ben Hustler in dieser Sache konsultieren. Nur *er* wird uns sagen können, ob wir von einem harmlosen Spinner hochgenommen werden oder es sich bei diesem Anrufer tatsächlich um den Mörder aus seinem Buch handeln könnte.«

»Du willst Ben Hustler persönlich fragen?« Bobs Gesicht strahlte wenig Zuversicht aus. »Ich möchte dich ja nicht ausbremsen, Erster, aber ich glaube, dass du seine Popularität gewaltig unterschätzt. Die Auflagen seiner Thriller gehen in die hunderttausende und seine Fangemeinde wächst von Tag zu Tag. Da glaubst du doch wohl nicht ernsthaft, dass er die Zuschriften seiner Leser persönlich beantwortet!«

Der Zweite Detektiv nickte zustimmend. »Das sehe ich genauso. Wenn wir ihm eine Mail schicken und ihm schreiben, was Bob passiert ist, wird er die doch gleich als durchgeknallte Fanpost abtun und in seinen Spamordner befördern. Falls er sie *überhaupt* liest, womit aber nicht im Geringsten zu rechnen ist.«

»Stimmt, Peter. Trotzdem ist dein Plan gut, Just. Was haltet ihr davon, wenn wir uns an den Verlag wenden?«, schlug Bob vor. »Vielleicht kann da irgendjemand unser Anliegen an ihn weiterleiten.«

»Das hat ebenso wenig Aussicht auf Erfolg, Kollegen.« Justus hatte sich bereits zielstrebig vor den Monitor des Rechners gesetzt und auf der Tastatur mehrere Suchbegriffe eingegeben. »Und deshalb sollte ein guter Detektiv stets den einfachsten Weg wählen, um seine Ermittlungen voranzutreiben.«

Bob trat näher und blickte seinem Freund über die Schulter. »Und was wäre in diesem Fall der einfachste Weg?«

»Da haben wir es schon!«, entgegnete der Erste Detektiv und deutete mit seinem Finger triumphierend auf den Bildschirm. »Ben Hustler ist mit der Promotiontour seines neuen Buches noch vier Tage in Los Angeles unterwegs und gastiert aus diesem Grund heute Nachmittag in der Buchhandlung *Crimebusters* in Santa Monica!«

»Wow!« Bob stieß einen überraschten Pfiff aus. »Stimmt! Der Tourplan auf seiner Homepage. Dass ich darauf nicht selbst gekommen bin. Nicht schlecht, Erster!«

Peter hingegen behagte das alles gar nicht. »Und was bedeutet das für uns im Detail?«

Justus blickte verwundert vom Bildschirm auf. »Ist deine Frage wirklich ernst gemeint, Zweiter? Wir werden natürlich bei der Signierstunde anwesend sein und die Gelegenheit nutzen, dem genialen Thrillerautor ein paar sehr konkrete Fragen zu stellen.«

»Ich bin dabei!«, rief Bob enthusiastisch – bemerkte jedoch, wie sich Peters Miene erneut verfinsterte.

»Das ist ja eine Spitzenidee! Aber habt ihr vielleicht auch schon daran gedacht, dass dieser Mistkerl ebenfalls wieder dort auftauchen könnte? *Wir* und vermutlich auch Hustler kennen *sein* Gesicht nicht. *Er* aber kennt deins, Bob! Und diese Tatsache scheint mir nicht gerade ein Vorteil zu sein. Was ist, wenn dieser Loomy Lunte riecht und dahinterkommt, dass wir vorhaben, uns an seine Fersen zu heften? Also wenn dieser Typ tatsächlich ein Mörder sein sollte, dann –«

»Deine Einwände sind ja vollkommen berechtigt, Zweiter«, unterbrach Justus den Redefluss seines Freundes energisch. »Dennoch sollten uns Begriffe wie *wenn, aber* und *vielleicht* nicht davon abhalten, uns in dieser Sache Klarheit zu verschaffen, damit Bob schnellstmöglich seinen Seelenfrieden zurückerlangt.« Er sah Peter auffordernd an. »Doch wenn du einen besseren Vorschlag hast, dann bitte, heraus damit.«

Peter blies nur die Backen auf.

»Okay. Deine Grimasse dürfen wir wohl getrost als ein klares *Nein* bewerten«, sagte Justus mit einem Grinsen. »Und damit ist die Entscheidung gefallen! Heute Nachmittag werden wir Ben Hustler mit den bisherigen Fakten dieses Falles konfrontieren, um aus erster Hand zu erfahren, ob unser angeblicher Mörder doch nur ein Spinner ist oder nicht. Aber wie gesagt, natürlich sind deine Befürchtungen nicht ganz unberechtigt, Zweiter. Aus diesem Grund sollten wir vorab eine Sache versuchen, die es uns mit etwas Glück ermöglichen könnte, diesen Loomy – also angenommen, er taucht wirklich auch dort auf – zu identifizieren.«

»Was für eine ›Sache‹, Erster?«, entgegnete Bob.

»Ist das denn wirklich so schwer zu erraten?« Justus machte ein wichtiges Gesicht und genoss die ihm zugewandte Aufmerksamkeit in vollen Zügen. »Wie wir bereits geschlussfolgert haben, muss sich dieser Loomy während Hustlers gestriger Signierstunde bei *Booksmith* ebenfalls unter den Autogrammjägern befunden haben. Und da wir darüber hinaus wissen, dass diese Räumlichkeiten von Kameras überwacht und die Beobachtungen bestimmt auch aufgezeichnet werden, machen wir uns jetzt schleunigst auf den Weg zu Lesley, Bob, und bitten sie, uns die Aufnahmen der besagten Veranstaltung vorzuspielen!«

Peter blieb unverändert skeptisch. »Aber wir kennen doch die Visage von diesem Loomy nicht, wie willst du ihn da auf den Aufnahmen ausfindig machen?«

»Aber klar doch!«, kam Bob nach kurzem Nachdenken plötzlich die Erleuchtung. »Bei der Veranstaltung gestern waren wahrscheinlich rund hundert Leute anwesend, doch wenn wir uns die Gesichter auf den Aufzeichnungen genauestens einprägen, erkennen wir bei *Crimebusters* womöglich den einen oder anderen wieder, falls er dann ebenfalls dort herumschwirren sollte!«

»Ja, unter anderem *darauf* setze ich, Bob!«, fuhr Justus fort. »Wobei du auch ganz treffend darauf aufmerksam gemacht hast, dass womöglich *mehrere* Fans ihrem Idol ein weiteres Mal begegnen wollen. Dennoch können wir alle Besucher, die wir anhand der Videoaufnahmen wiedererkennen, genau ins Visier nehmen. Das grenzt den Kreis der Verdächtigen zumindest schon einmal ganz erheblich ein und vielleicht reagiert einer von denen sogar auffallend nervös, wenn du heute schon wieder seinen Weg kreuzt. Das wäre in diesem Fall dann zielsicher unser Mann!«

Voller Tatendrang deutete der dritte Detektiv auf das Kalte

Tor, einen umfunktionierten Kühlschrank, der als geheimer Zugang zu ihrer Zentrale diente. »Also, worauf warten wir noch, Leute? Auf zu *Booksmith*!«

»Na schön«, gab Peter klein bei und griff grummelig nach seiner Jacke. »Aber eines gebe ich euch jetzt schon schriftlich: Sollte bei unseren weiteren Ermittlungen auch nur ansatzweise herauskommen, dass wir es bei diesem Loomy mit einem echten Mörder zu tun haben, bin ich sofort raus aus der Sache! Dann könnt ihr unser Unternehmen, zumindest was *diesen* Fall angeht, in ›Die zwei ??‹ umbenennen – nur damit das jetzt schon mal klar ist!«

Unbehagen

Die Buchhandlung *Booksmith* befand sich ganz am Ende der Santa Monica Street. Der kleine Laden war angeblich die älteste Buchhandlung in Rocky Beach. Er hatte schwierige Zeiten durchgemacht, aber seit Mr Smith den Laden von seinem Onkel übernommen hatte, lief es wieder. Bob war dort Stammkunde, und neben den zahlreichen Recherchearbeiten, die er im Laufe der Jahre hier bereits durchgeführt hatte, bot die gut sortierte Buchhandlung eine Unmenge an Kriminalliteratur und ein Antiquariat, in dem man seltene Ausgaben aufstöbern konnte, die andernorts schon längst vergriffen waren.

Bob unterhielt sich außerdem gern mit Lesley, die seit einer Weile bei *Booksmith* arbeitete. Das etwa gleichaltrige Mädchen war ein noch größerer Büchernarr als Bob und hatte immer neue und großartige Lesetipps für ihn parat.

Als die drei Detektive eine halbe Stunde später die Buchhandlung betraten und Lesley hinter dem ausladenden Tresen aus Mahagoniholz begrüßten, fuhr sie mit der Hand durch ihre dunkelbraunen Locken und schenkte den Jungs ihr schönstes Lächeln.

»Wie darf ich das denn verstehen?«, flötete sie in ihrer hohen Tonlage. »Wochenlang habe ich keinen von euch dreien zu Gesicht bekommen. Dann war Bob gestern schon hier, und jetzt macht ihr mir auch noch als Trio eure Aufwartung! Das kann wohl kaum ein Zufall sein, wobei ich ja sowieso nicht an Zufälle glaube.«

»Sondern?«, hakte Bob mit charmantem Zwinkern nach.

»Sondern Absicht«, konterte Lesley selbstbewusst. »Da ich über euer Detektivunternehmen bestens im Bilde bin, nehme ich an, dass euer Erscheinen nur indirekt etwas mit mir zu tun hat. Oder seid ihr etwa gekommen, um mich zu fragen, ob ich nach Feierabend ein Eis mit euch essen gehen will?« Mit einem durchdringenden Blick fixierte sie nacheinander die drei Augenpaare der Jungen. »Na?«

»Also ... äh ... dich zu einem Eis einzuladen, Lesley, wäre natürlich äußerst verlockend ... aber ich denke, dass wir das besser zu einem günstigeren Zeitpunkt nachholen sollten. Ehrlich gesagt ...«, stammelte Bob verlegen.

Lesley ließ ihn nicht zappeln. »Schon verstanden, ich kenne euch ja. Also: Wo drückt der Schuh? Wie kann ich euch bei euren Ermittlungen helfen?«

Nachdem sich Justus durch einen prüfenden Rundumblick vergewissert hatte, dass sich im Augenblick außer ihnen niemand sonst in der Buchhandlung aufhielt, erklärte er dem Mädchen in wenigen Sätzen den Grund ihres Besuches. Aus taktischen Gründen vermied er es dabei allerdings, Lesley gegenüber ihre Mordtheorie zu erwähnen, da er nicht einschätzen konnte, ob sie in diesem Fall ihre Mitarbeit verweigern würde. Deshalb beschränkte er sich auf die Beschreibung eines ›durchgeknallten‹ Fans, von dessen nächtlichen Anrufen Bob sich belästigt fühle und dessen Identität man mit Zuhilfenahme der Aufzeichnungen der Überwachungskameras vielleicht auf die Schliche kommen könne.

Lesleys Augen begannen aufgeregt zu glitzern. Dann warf sie einen raschen Blick auf ihre Armbanduhr. »Ich wollte eh gleich kurz den Laden schließen, weil ich für meinen Chef dringend ein Paket von der Post abholen muss. Der ist nämlich heute nicht da. Da können wir uns auch vorher noch einen Moment in sein Büro zurückziehen, um uns die Aufzeichnungen anzusehen! Heute ist sowieso nicht viel los. Wartet kurz! Ich hänge nur noch das ›Geschlossen‹-Schild an die Tür und dann kann es meinetwegen losgehen.«

Wenige Augenblicke später führte Lesley die drei ??? ins Büro des Buchladens, startete das Programm des Überwachungssystems, und mit wenigen Mausklicks hatte sie die entsprechende Datei gefunden. Sie klickte auf das *Play*-Zeichen und aktivierte den Vollbildmodus.

Auf dem Bildschirm waren nun vier Fenster zu sehen, zwei mal zwei nebeneinander, die den Verkaufsraum der Buchhandlung aus vier unterschiedlichen Kameraperspektiven zeigten.

Die Jungen starrten gebannt auf die Videos, während Lesleys Finger ungeduldig auf der Maus verharrten.

»Welche Szenen sind für euch denn von Bedeutung?«, wollte sie von Bob wissen und pustete sich eine Haarsträhne aus dem Gesicht.

»Ab dem ersten Kunden, der zur Signierstunde den Laden betritt, könnte alles von Relevanz sein«, übernahm Justus die Antwort. »Hauptsächlich sollten wir uns auf männliche Personen konzentrieren.«

»Okay, verstehe!« Schnell fand Lesley die Stelle, die den ersten Besucher beim Betreten der Buchhandlung zeigte: Eine unscheinbar wirkende Frau mittleren Alters kam herein. Den unförmigen grauen Strickpullover, den sie zu ihrer Jeans trug, besaß sie mit Sicherheit schon seit sehr vielen Jahren.

»Also, das ist Jenny Robins«, klärte Lesley die Jungen auf.

»Die ist ein ›Nerd‹, was Ben Hustler angeht, und sammelt wirklich alles, was mit ihm zu tun hat. Es ist also nicht verwunderlich, dass sie als Erste hier aufgetaucht ist.«

Den drei Detektiven blieb keine Zeit, auf Lesleys Kommentar einzugehen, denn in rascher Folge erschien nun eine große Anzahl an Personen auf der Bildfläche, die alle gekommen waren, um dem Starautor einmal persönlich zu huldigen. Nach etwa zehn Minuten war die kleine Buchhandlung schon zum Bersten gefüllt. Dann war zu sehen, wie Bob den Laden betrat, und kurz darauf tauchte Lesley auf. Sie kam aus dem hinteren Verkaufsraum, drängte sich energisch durch die dichte Menschenmenge, blieb vor dem noch unbesetzten Büchertisch stehen, an dem der Autor gleich Platz nehmen würde, und stapelte Exemplare von Hustlers neuem Buch darauf. Dann wandte sie sich mit ausladenden Gesten an die Besucher.

»Leider gibt es zu den Videobildern keinen Ton«, bemängelte sie missmutig. »Und somit entgeht euch leider, welch großartiges Talent als Conférencieuse in mir schlummert! Ich hatte die große Ehre, unsere Gäste auf Ben Hustler einzustimmen. Und außerdem durfte ich noch dafür sorgen, dass sich alle brav in einer Schlange anstellen, damit die Autogrammstunde reibungslos abläuft.«

Lesleys Eigenlob verpuffte allerdings ungehört, da die drei Detektive viel zu sehr damit beschäftigt waren, sich auf die Gesichter der Besucher zu konzentrieren und jeden Einzelnen mit Argusaugen ins Visier zu nehmen.

»Ich war so tierisch aufgeregt!«, plapperte sie unverdrossen weiter. »Schließlich habe ich so etwas vorher noch nie –«

»Still!«, fuhr Justus unhöflich dazwischen, denn nun trat Ben

Hustler in Erscheinung, setzte sich, vom begeisterten Applaus seiner Fans begleitet, gut gelaunt an den für ihn vorgesehenen Tisch und begann gelassen damit, ein Buch nach dem anderen für seine Leser zu signieren. Nicht alle der anstehenden Fans wollten ein Buch des Schriftstellers kaufen. Viele von ihnen waren einfach nur gekommen, um mit Ben Hustler zusammen ein Selfie zu machen oder eine kostenlose Autogrammkarte mit persönlicher Widmung zu ergattern.

Nach einer gefühlten Ewigkeit kam Bob schließlich an die Reihe. In diesem Moment schoss Justus' Arm unvermittelt in die Höhe.

»Stopp, Lesley!!«

Irritiert hielt sie inne. »Was ist denn?«

»Schalte mal kurz auf Standbild!«

»Wieso denn auf Standbild?«, fragte Peter, während Lesley Justus' Anweisung folgte und die Wiedergabe unterbrach. »Hast du etwas entdeckt?«

»Bis jetzt leider noch nicht, Zweiter«, entgegnete der Erste Detektiv. »Aber ab den folgenden Sequenzen, ab der Stelle, kurz bevor Bob den Autor begrüßt, könnte jede Bewegung, jedes Zucken oder die kleinste Reaktion in den Gesichtern der übrigen Anwesenden von allergrößter Bedeutung für uns sein.«

»Ich würde euch bei euren Beobachtungen ja liebend gern unterstützen«, bot Lesley den Jungs bereitwillig ihre Hilfe an. »Doch dann solltet ihr mir zumindest mal verraten, worauf ich zu achten habe.«

»Wir wissen selbst nicht viel, außer dass Bobs Widersacher vermutlich männlich ist«, erwiderte Justus, ohne den Blick vom Monitor abzuwenden. »Und wir hoffen, dass in dem Moment, in dem Hustler sich mit Bob unterhält, irgendjemand eine auffällige Reaktion zeigt, die ihn dann als Täter entlarvt.«

»Als Täter?«, horchte Lesley ungläubig auf und wandte sich Bob zu. »Ist das nicht ein wenig übertrieben formuliert für jemanden, der dich mit seinen nächtlichen Anrufen wahrscheinlich nur ein wenig hochnehmen wollte?«

»Ich schlage vor, dass jeder Einzelne von uns sein Augenmerk jeweils auf eine der vier Aufzeichnungen richtet«, lenkte Justus ab und wies dabei erneut auf den Bildschirm.

»Du, Peter, konzentrierst dich auf den oberen linken Abschnitt, Bob auf den rechten daneben und Lesley auf den unten links. Ich nehme den verbleibenden ins Visier. Alles klar so weit?«

Die drei nickten. Dann ließ Lesley das Video weiterlaufen und verfolgte zusammen mit den Detektiven aufmerksam, was auf dem Monitor zu sehen war.

»Hustler lächelt dir kurz zu und sieht dich fragend an«, kommentierte Peter das tonlose Geschehen.

Bob nickte. »Und jetzt sage ich ihm gerade, dass ich gerne ein Buch mit einer persönlichen Widmung von ihm hätte. Er nimmt eins vom Stapel, öffnet den Buchdeckel und –«

»Ja, Bob, wir haben alle Augen im Kopf«, ermahnte Justus seinen Freund. »Konzentriert euch bitte ausschließlich auf die übrigen Anwesenden und ihre Reaktionen.«

Peter protestierte: »Von denen ist in meinem Ausschnitt aber keiner zu sehen, Erster! Wie sieht es bei euch aus?«

»Da! Jetzt fragt Hustler mich nach meinem Namen«, ließ sich Bob den Mund ebenso nicht verbieten. »Ich erwähne es nur, weil Loomy ja am Telefon meinte, an Hustlers Reaktion bemerkt zu haben, dass er –«

»Der Mann dort!« Justus sprang auf und zeigte aufgeregt auf den rechten unteren Bildausschnitt. »Der mit dem Hut und der schmalen Sonnenbrille! Habt ihr das gesehen?«

»Du meinst den Typ neben der Frau mit dem Blumenkleid?«, vergewisserte sich Lesley. »Was ist mit dem?«

Justus' Puls beschleunigte sich. »Fahr bitte noch mal ein paar Sekunden zurück und geh dann auf Zeitlupe!«

Lesley kam der Aufforderung nach.

»Achtet ganz genau auf das Handy in seiner linken Hand.«

Gebannt starrten alle auf den besagten Bildausschnitt und konnten durch die verlangsamte Wiedergabe der Aufzeichnung nun gut erkennen, wie der Hutträger die Kamerafunktion seines Handys aktivierte und, ohne den Arm zu heben, dieses in Hüfthöhe nahezu unmerklich auf Bob und Ben Hustler richtete.

»Das darf doch nicht wahr sein! Dieser Typ nimmt euch heimlich mit seinem Handy auf.« Peter überkam eine Gänsehaut. »Wir haben ihn. Das ist unser Mann, Leute!«

Großaufnahme

»Kommt dir dieser Mann bekannt vor, Lesley? Hast du ihn vielleicht schon mal zuvor in eurer Buchhandlung gesehen?«

Ratlos zuckte das Mädchen mit den Schultern. »Sorry, Justus, da muss ich leider passen. Zumal man wegen des Hutes und der Sonnenbrille auch nicht allzu viel erkennen kann.«

Mit jeder Sekunde, die Bob länger auf den Bildschirm blickte, steigerte sich sein Unbehagen, denn noch immer war der Unbekannte mit dem Handy damit beschäftigt, ihn und den Bestsellerautor heimlich zu filmen.

»Ich will ja eure detektivischen Ermittlungen nicht infrage stellen«, warf Lesley mit skeptischem Blick in die Runde ein, »aber weshalb seid ihr euch so sicher, dass es ausgerechnet dieser Typ ist, der es auf Bob abgesehen hat? Es könnte sich bei ihm doch auch genauso gut um einen harmlosen Fan von Ben Hustler handeln, dem Bob einfach nur zufällig vor die Linse kam.«

»Das ist zumindest nicht auszuschließen«, ließ sich Justus zu einem indirekten Eingeständnis und fast so etwas wie einem Lob hinreißen. Er zog sein Handy hervor. »Dennoch sollten wir auf Nummer sicher gehen, Lesley, und für den Fall der Fälle gewappnet sein.« Er wartete einen günstigen Moment ab, bis das Gesicht des Mannes frontal von der Kamera eingefangen wurde, bat Lesley, es heranzuzoomen, und betätigte den Auslöser seiner Handykamera.

Anschließend ließen sie das Video wieder in normaler Größe laufen und beobachteten weiter, was geschah.

»Jetzt lässt der Typ sein Handy in der Tasche verschwinden«, sagte Peter, während Lesley fragend die Stirn runzelte.
»Ist euch aufgefallen, dass sich der Mann gar nicht in die Warteschlange eingereiht hat, sondern dem ganzen Geschehen quasi nur als Zaungast beigewohnt hat?«
»Ausgezeichnet beobachtet!«, lobte Bob und warf ihr einen anerkennenden Blick zu. »Ein weiteres Indiz dafür, dass wir auf der richtigen Spur sind.«
»Aber wer ist dieser Typ?«, ließ Lesley nicht locker. »Was für schlimme Sachen hat er dir denn am Telefon gesagt, wenn ihr solchen Wirbel um ihn macht?«
»Seht mal«, rief Justus verwundert und sein Finger wies auf den Monitor. »Jetzt zieht sich der Typ zurück ... schlendert lässig Richtung Ausgang ... und verlässt den Laden.«
»Und weg ist er. Was machen wir jetzt?«, fragte Peter und sah seine Freunde ratlos an.
Justus zupfte mal wieder nachdenklich an seiner Unterlippe. »Auf jeden Fall sollten wir uns die Aufzeichnungen noch bis dahin ansehen, wo Bob die Buchhandlung ebenfalls verlässt.«
»Darauf müsst ihr nicht lange warten, Freunde«, entgegnete dieser immer noch beklommen. »Seht ihr? Da gehe ich gerade zur Kasse, um das Buch zu bezahlen. Anschließend bin ich gleich gegangen.«
Tatsächlich war zu sehen, wie Bob den Kauf tätigte und kurz danach *Booksmith* wieder verließ, ohne dass einer der Anwesenden ihm folgte.
Justus bat Lesley, die Aufzeichnungen zu stoppen, warf einen prüfenden Blick auf seine Armbanduhr und erhob sich seufzend aus dem unbequemen Bürosessel.

»Du hast uns wirklich einen großen Dienst erwiesen, Lesley, aber nichtsdestotrotz müssen wir dich nun leider verlassen.«

»So plötzlich? Was habt ihr denn jetzt vor?« Das Mädchen war sichtlich irritiert.

Der Erste Detektiv gab sich äußerst zugeknöpft. »So leid es uns tut, können wir dir aus ermittlungstechnischen Gründen derzeit keine Auskunft darüber geben.«

»Wie bitte?!« Lesley glaubte sich verhört zu haben. »Das meinst du nicht ernst, oder? Wenn ich euch gerade nicht so tatkräftig unterstützt hätte, würdet ihr doch noch völlig im Dunkeln tappen!« Sichtlich genervt verschränkte sie die Arme. »Ich wollte Bob helfen und hab euch hier während meiner Arbeitszeit reingelassen. Und als Dank bügelst du mich jetzt so ab und lässt mich ohne weitere Infos hängen, Justus. Das ist echt das Letzte!«

»Tja, Just …« Bob konnte sich ein Grinsen nicht verkneifen. »Dann lass dir mal was wirklich Gutes einfallen, um Lesley wieder milde zu stimmen! Das hast du dir jetzt aber wirklich selbst eingebrockt!«

Auch Peter musste grinsen. Er war gespannt darauf, wie es Justus gelingen würde, sich aus dieser unangenehmen Situation zu befreien.

Lesley blickte den Ersten Detektiv herausfordernd an.

»Also schön …« Justus atmete tief durch und vergrub die Hände verlegen in seinen Hosentaschen. »Hiermit beziehen wir dich in unsere Ermittlungen mit ein und beauftragen dich mit einer äußerst verantwortungsvollen Aufgabe.«

»Ach ja? Mit welcher denn?«

Justus trat einen Schritt auf sie zu und blickte ihr in die Augen.

»Momentan wissen wir lediglich, dass es sich bei dem Mann, der Bob nachstellt, um einen äußerst unangenehmen Zeitgenossen handelt. Unsere bisherigen Ermittlungsergebnisse, seine Person betreffend, sind leider als äußerst dürftig zu bezeichnen, Lesley! Also, falls diese Person aus dem Video noch einmal hier im Laden auftauchen sollte, musst du uns bitte umgehend verständigen und danach alles daransetzen, herauszukriegen, wie er heißt, und im Optimalfall auch seine Adresse aus ihm herauskitzeln. Bei deinem Charme dürfte das ja nicht allzu schwierig sein.«

»Was konkret meinst du mit deiner Aussage, dass es sich bei diesem Typen um einen äußerst unangenehmen Zeitgenossen handelt?«, hakte Lesley ein letztes Mal nach. So einfach wollte sie sich durch Justus' immer noch sehr vage Erklärung keinesfalls abspeisen lassen. »Da steckt doch garantiert viel mehr dahinter, als du mir gerade weismachen willst.«

»Du sollst alles erfahren, versprochen«, wechselte der Erste Detektiv nun zu einer anderen Strategie und warf einen demonstrativen Blick auf seine Armbanduhr. »Allerdings sitzt uns gerade die Zeit gehörig im Nacken. Wir müssen umgehend zu *Crimebusters* aufbrechen, um zu verhindern, dass noch weiteres Unheil angerichtet wird.«

Lesley horchte interessiert auf. »Zu *Crimebusters*? Was wollt ihr denn da?«

»Wir werden dir alles erklären, Lesley!«, ließ sich Justus keine weiteren Infos aus der Nase ziehen. »Aber nicht jetzt! Ich bitte dich nur, bis dahin an deinen wichtigen Auftrag zu denken und uns unverzüglich anzurufen, falls der Verdächtige hier auftauchen sollte!«

Lesley zögerte. Das Ganze hatte für sie einen ziemlich faden Beigeschmack. Es ärgerte sie sehr, weiterhin im Unklaren gelassen zu werden, aber im Augenblick schien ihr wohl nichts anderes übrig zu bleiben, als sich vorerst mit Justus' Versprechen zu begnügen. Sie brachte die drei Detektive zur Tür und verabschiedete sich mit einem gequälten Lächeln.

Klartext

Peter hatte den Motor seines MGs gestartet und lenkte den Wagen auf den Highway in Richtung Santa Monica.
Nun hielt Bob es nicht mehr länger aus und er fragte Justus, was ihn schon seit etlichen Minuten brennend interessierte: »Sag mal, Erster, kannst du mir bitte *einen* vernünftigen Grund nennen, weshalb du Lesley so schroff klarmachen musstest, dass dir ihre Mitarbeit bei der Aufklärung unseres Falles so gar nicht ins Konzept passt? Sie hat uns doch gerade wirklich einen großen Dienst erwiesen.«
»Treffender hätte selbst ich es kaum ausdrücken können«, lobte Justus die Wortwahl seines Freundes mit einem Augenzwinkern. Dann wurde sein Tonfall wieder ernst.
»Das, was Lesley uns da in den Videoaufzeichnungen gezeigt hat, behagt mir ganz und gar nicht, Kollegen. Unser mysteriöser Mr Loomy hat dich und Ben Hustler mit dem Handy fotografiert oder sogar gefilmt – das war ja vorhin unschwer zu erkennen. Offen gestanden bin ich äußerst beunruhigt, da ich leider überhaupt nicht einschätzen kann, ob wir mit unseren bisherigen Vermutungen überhaupt richtigliegen. Es könnte doch genauso gut sein, dass Loomy irgendwelche anderen Ziele verfolgt, die ihn dazu motivieren, Bob telefonisch in solch unflätiger Weise zu bedrohen.«
Peter glaubte seinen Ohren nicht zu trauen. »Mann, wie soll man sich denn *so* aufs Fahren konzentrieren? Hör bitte auf, meine Nerven weiter zu strapazieren, und rede Klartext. Oder legst du es mit diesen kryptischen Andeutungen darauf an,

mich so lange vom Verkehr abzulenken, bis wir alle im Graben landen?«

Bob beugte sich von der Rückbank nach vorn. »Soll *ich* lieber fahren, Zweiter?«

»Klasse, Bob, wenn Justus uns nicht sofort verrät, welche Theorie gerade in seinem genialen Hirn herumspukt, komme ich direkt darauf zurück!«

Der Erste Detektiv ignorierte Peters giftigen Unterton und ließ sich davon keineswegs aus dem Konzept bringen. »Ehrlich gesagt bezweifle ich ganz stark, dass dieser Loomy dir nach dem Leben trachtet, Bob. Es erscheint mir einfach unlogisch, ein Vorhaben wie dieses telefonisch anzukündigen. Zum einen wäre das potenzielle Opfer dann ja gewarnt, was es dem Täter erheblich erschweren würde, seine Absicht in die Tat umzusetzen. Es wäre für ihn doch viel erfolgversprechender, seinen perfiden Plan einfach stillschweigend auszuführen. Zudem wäre noch gewährleistet, dass das Tatmotiv offenbliebe, was seine Chancen deutlich erhöhen würde, nicht geschnappt zu werden.«

»Aber du kannst doch nicht wirklich davon ausgehen, dass ein so offensichtlich geisteskranker Killer logisch denkt«, hielt Peter dagegen, während er das Lenkrad mit seinen Händen fest umklammerte. »Und dass dieser Typ irgendetwas Abartiges im Schilde führt, hast du doch auch selbst eben zugegeben, Erster!«

Justus nickte zustimmend. »Und exakt aus diesem Grund habe ich es für klüger gehalten, Lesley zu ihrer eigenen Sicherheit vorerst im Unklaren zu lassen. Falls der Kerl tatsächlich noch einmal in ihrem Laden auftaucht, wird sie wenigstens einigermaßen unbefangen reagieren. Sie einzuweihen wäre also weitaus gefährlicher für sie gewesen.«

Unruhig begann Bob auf der Rückbank hin und her zu rutschen. »Okay, die Sache mit Lesley leuchtet mir ein, Erster. Aber weshalb ziehst du überhaupt die Möglichkeit in Betracht, dass dieser Typ noch einmal bei *Booksmith* auftauchen könnte? Lesley hat uns versichert, ihn dort niemals zuvor gesehen zu haben. Sein nochmaliges Erscheinen dort würde doch nur einen Sinn ergeben, wenn –«

»Wenn Loomy sich heute auf deine Spur gesetzt hat und uns heimlich zu *Booksmith* gefolgt ist!«, führte Peter die Überlegung seines Freundes fort. Im selben Moment überkam ihn eine beunruhigende Vorahnung und er warf einen prüfenden Blick in den Rückspiegel.

Auch Justus und Bob wandten unwillkürlich den Kopf, um zu sehen, ob sie verfolgt wurden. Glücklicherweise schien sich diese Vermutung aber nicht zu bestätigen, weit und breit war kein einziges Fahrzeug in Sicht.

Zutiefst erleichtert atmete Peter auf. In dieser Sekunde ertönte aus Bobs Jackentasche das schrille Klingeln seines Handys. Hastig zog er es heraus und warf einen überraschten Blick auf das Display.

»Leute, das ist Lesley!«

Justus' Augen begannen, aufgeregt zu leuchten. »Los, geh schon ran und schalte auf ›Mithören‹, Dritter!«

Bob folgte der Aufforderung und aktivierte den Lautsprecher. »Hey, Lesley! Was gibt's denn?«

»*Was gibt's denn?*«, drang es schroff aus dem Handy. »Am liebsten würde ich dir deinen Scheinheiligenschein vom Kopf pusten und direkt in die Mülltonne befördern! Nie hätte ich gedacht, dass du so eine fiese Nummer mit mir abziehst! Aber hinterher ist man immer klüger!«

Bob tauschte mit seinen Freunden verstörte Blicke.

»Moment mal, Lesley, wovon um alles in der Welt redest du denn?«

Sie stieß einen verärgerten Laut aus. »Du wirst es kaum glauben, aber kurz nachdem ihr vorhin so schnell abgezogen seid, ist hier im Laden ein interessanter ›Kunde‹ aufgetaucht!«

»Wer denn?«

»Euer Spezi, hinter dem ihr so emsig her seid, hat mir soeben einen Besuch abgestattet!«

Wie elektrisiert begann Bobs Hand, mit der er das Handy hielt, unkontrolliert zu zittern. »Soll das ... ein Witz sein?«

»Nein, solche Witze sind nicht meine Art«, erwiderte sie mit einer nicht zu überhörenden Genugtuung, die Justus in Rage versetzte. »Doch nach dem kurzen Gespräch mit diesem Typen weiß ich nun endlich, was Sache ist!«

Vollgas

»Würdest du bitte die Güte haben, uns nicht länger derart unnötig auf die Folter zu spannen!«, platzte es aus Justus so laut und unangenehm heraus, wie es Bob und Peter selten erlebt hatten. »Wir stecken gerade in äußerst besorgniserregenden Ermittlungen, die für uns drei Detektive durchaus mehr als gefährlich enden können, weil wir es allem Anschein nach mit einem Psychopathen zu tun haben! Also solltest du dich schleunigst dazu entschließen, vernünftig mit uns zu kooperieren!«

»Ach, interessant. Wir haben also Zuhörer!«, entgegnete Lesley gereizt. »Deine Befehle kannst du dir sparen, Justus! Und wenn du denkst, zum Nulltarif noch weitere Infos von mir zu erhalten, gewöhn dir als Erstes mal einen freundlicheren Ton an. So redet man nicht mit mir!«

»Nun mal langsam«, versuchte Bob die Situation zu entspannen. »Justus hat das doch gar nicht so gemeint! Wir alle sind nur gerade ziemlich aufgeregt, weil dieser Typ mit uns ein übles Katz-und-Maus-Spiel treibt, wobei mir gerade schwant, dass er auch dich –«

»Er mich – was?«, fuhr sie aufbrausend dazwischen.

»Nun ja ... Dieser Typ scheint dir gegenüber ja irgendwas Brisantes von sich gegeben zu haben, was dich so auf die Palme gebracht hat. Und da würde uns natürlich brennend interessieren, was da bei dir im Laden abgelaufen ist!«

Aus dem Lautsprecher erklang nur ein dumpfes Rauschen.

Bob stutzte. »Hallo? Lesley? Bist du noch dran?«

»Also schön«, meldete sie sich wieder zu Wort. »Wenn du dich traust, kannst du ja herkommen und dich der Wahrheit stellen. Aber Justus will ich hier heute nicht mehr sehen. Bis dann, vielleicht!« Mit diesen Worten beendete Lesley das Telefonat.

»Na, das war ja ein tolles Gespräch!«, sagte Peter. »Da die Veranstaltung in Santa Monica ziemlich bald anfängt und es sicher länger dauern würde, herauszubekommen, weshalb du dich ausgerechnet jetzt und schon wieder mit Lesley in die Haare kriegen musstest, Erster, schlage ich vor, diesen Punkt erst mal außen vor zu lassen und eine weitaus wichtigere Frage zu klären: Was machen wir denn jetzt?«

»Hinsichtlich der Tatsache, dass, wie du zu Recht anmerkst, Peter, Ben Hustlers Signierstunde in Kürze beginnt und wir dort wichtige Ermittlungsarbeit zu leisten haben, plädiere ich dafür, Lesley vorerst in ihrem eigenen Saft schmoren zu lassen, um ihr zumindest bis *nach* unserem Besuch in der *Crimebusters*-Buchhandlung die Gelegenheit zu bieten, in aller Ruhe über die unangebrachte Überheblichkeit nachzudenken, mit der sie uns begegnet!«

»Jetzt mach aber mal 'nen Punkt, Erster!«, platzte es aus Bob heraus. »Das ist erstens mehr als unfair, und zweitens könnte es ja wohl genauso wichtig sein zu erfahren, weshalb Loomy gerade noch einmal bei *Booksmith* aufgetaucht ist, bevor wir uns womöglich in die Höhle des Löwen begeben.«

Peter erschauerte. »In die Höhle des Löwen? Wie ist das denn wieder gemeint? Gehst du etwa davon aus, dass …«

Justus nickte. »Ja, Peter! Nach Lesleys Anruf ist es mehr als wahrscheinlich, dass sich dieser Typ an unsere Fersen geheftet hat und uns deshalb auch zu *Crimebusters* folgen wird. Dummerweise habe ich Lesley unser Ziel vorhin genannt«, übernahm er für Bob die Antwort. »Und falls sie diese Information, aus welchen Gründen auch immer, an Loomy weitergegeben haben sollte, ist sogar *fest* damit zu rechnen.«

»Hältst du Lesley wirklich für so dämlich, Erster?«, hinterfragte Peter ungläubig.

»Ich habe lediglich eine mögliche Theorie in den Raum gestellt«, entgegnete er knapp. »Und falls ich damit richtigliegen sollte, könnten wir Loomys Vorhaben zu unserem Vorteil nutzen und mit etwas Glück den Fall schon heute Nachmittag *ad acta* legen.«

»Ein spektakulärer Showdown bei *Crimebusters* in Gegenwart des Starautors und all seiner Fans!«, beschrieb Peter das Szenario, das gerade vor seinem geistigen Auge ablief. »Klingt für mich mal wieder nach einem typischen ›Justus-Jonas-im-Alleingang-Fall‹! Nimm es mir deshalb bitte nicht übel, wenn ich erst mal ein paar entscheidende Fakten erfahren möchte, um zu überlegen, ob ich weiterhin dabei bin oder nicht. Also, Just: Müssen wir bei unserem Abstecher zu *Crimebusters* mit einem dramatischen Kugelhagel rechnen oder besteht wenigstens eine klitzekleine Chance, dass sich am Ende doch noch alles in Wohlgefallen auflöst?«

Ehe der Erste Detektiv darauf eingehen konnte, schoss Bob plötzlich von der Rückbank hoch und deutete auf die linke Fahrbahn. »Halt bitte mal an, Zweiter!«

Peter betätigte den Blinker, verlangsamte das Tempo und brachte den MG auf dem rechten Seitenstreifen zum Stehen.

Justus wandte sich irritiert um. »Was ist denn los, Bob?«

»Da vorne ist eine Bushaltestelle. Ich fahre nach Rocky Beach zurück und versuche, etwas aus Lesley herauszubekommen.«

»Das hört sich vernünftig an«, befand Justus zur Verwunderung seiner beiden Freunde. »Eine rationale und kluge Entscheidung, die eines großen Detektivs würdig ist. Und da wir gerade beim Thema sind, möchte ich bekunden, wie unangenehm es mir ist, vorhin aus falschem Stolz heraus so emotional und bar jeglicher Logik reagiert zu haben. Das war völlig unangebracht.« Er atmete tief aus. »Es ist durchaus nicht unklug, die Ermittlungen zweigleisig anzugehen, um der Lösung des Falles näher zu kommen, Kollegen. Möglich, dass sich durch Lesleys Informationen tatsächlich eine neue Sicht auf die Dinge ergibt, wodurch sich dann tatsächlich alles in Wohlgefallen auflöst.«

»Wenn du darauf anspielst, dass sie meinte, sie wüsste jetzt, was Sache ist, ist ja vielleicht wirklich ein wenig Hoffnung angebracht«, sagte Peter.

Bob stieg aus dem MG. »Also dann, Freunde, viel Erfolg! Wir bleiben über unsere Handys in Kontakt. Sobald ich Näheres in Erfahrung gebracht habe, melde ich mich.« Er ließ die Tür des Wagens zufallen und ging auf die Bushaltestelle zu.

Peter sah ihm nach und kurbelte das Seitenfenster herunter. »Sollen wir nicht noch so lange mit dir warten, bis der Bus kommt?«, rief er seinem Freund zu. »Wer weiß, wie lange du dir hier die Beine in den Bauch stehen musst.«

»Keine Sorge, Zweiter, aber ich kriege die Zeit schon rum.« Aus seinem Rucksack zog Bob Ben Hustlers neuen Roman hervor. »Wir müssen doch dringend wissen, wie die Geschichte weitergeht! Ich kann weiterlesen und außerdem –«

Bob kam nicht mehr dazu, seinen Satz zu beenden, denn das, was er aus dem Augenwinkel registrierte, raubte ihm schlagartig den Atem: Aus der Richtung, aus der auch die drei ??? gerade gekommen waren, raste ein schwarzer Buick in halsbrecherischem Tempo heran. Starr vor Entsetzen sah der dritte Detektiv, dass der Fahrer des Wagens urplötzlich auf die Gegenfahrbahn wechselte und geradewegs auf ihn zuraste!

Maskiert

»Vorsicht, Bob! Zur Seite!«

Peter schlug das Herz bis zum Hals: Der Fahrer des Buicks hatte es eindeutig auf seinen Freund abgesehen. Ohne Gnade hielt er auf Bob zu und gab auf den letzten Metern noch einmal richtig Vollgas!

In seiner Todesangst nahm Bob das herankommende Fahrzeug nur wie in Zeitlupe wahr. Dieser Schutzmechanismus seines Gehirns gab ihm die Gelegenheit, seine Rettungsmöglichkeiten auszuloten. Auf dem linken Fußgängerweg gab es keine Deckung. Außerdem zog sich eine mannshohe Mauer daran entlang. Dem dritten Detektiv blieb nur eine einzige Chance: Geistesgegenwärtig sprang er mit zwei gewaltigen Sätzen auf den gegenüberliegenden Fahrstreifen zurück. Der Fahrer des Buicks versuchte noch, das Steuer herumzureißen, um Bob zu erfassen, verfehlte sein Ziel aber knapp.

Bob schlug nach seinem lebensrettenden Sprung mit einem hässlichen Geräusch bäuchlings auf dem Asphalt auf. Noch ehe Justus das Geschehen richtig erfassen konnte, war Peter bereits aus dem MG gesprungen und eilte seinem Freund zu Hilfe. Zu diesem Zeitpunkt war der flüchtende Buick schon nur noch als ein schwarzer Punkt auszumachen, der kleiner und kleiner wurde.

»Bob! Bist du okay?« Peter kniete sich zu seinem reglos am Boden liegenden Freund und befürchtete das Schlimmste. Er wagte kaum zu atmen. »Bob? So sag doch was! Hörst du mich? Bob …?«

Nun kam auch Justus hinzu. »Was ist mit ihm, Zweiter? Hat dieser Kerl ihn etwa …?«

»Nein, nein …« Schwerfällig hob Bob seinen Kopf und rang sich ein mühevolles Lächeln ab. »Soweit ich beurteilen kann, bin ich, abgesehen von einigen Schürfwunden an den Händen, noch einmal heil davongekommen. Aber diesem Mistkerl ging es um alles. Der wollte mich tatsächlich umnieten!«

»Leider ist er wohl schon zu weit entfernt, als dass wir ihn noch einholen könnten«, prognostizierte der Erste Detektiv zerknirscht. »Und ich nehme an, aufgrund der überhöhten Geschwindigkeit und des Schockmoments erübrigt sich wohl die Frage, ob einer von euch den Fahrer erkennen oder sich das Kennzeichen merken konnte, oder? Mir ist beides nämlich leider entgangen.«

Das Schweigen der beiden genügte als Antwort.

»Kannst du aufstehen, Bob?« Peter reichte ihm die Hand. »Komm, ich helfe dir hoch!«

Aber Bob kam laut stöhnend selbst auf die Beine. »Danke für deine Fürsorge, Zweiter. Es geht schon.« Er strich sich den Staub vom Pullover.

»Der Fahrer des Wagens war mit Sicherheit dieser Loomy. Falls der glaubt, mich durch diesen Mordanschlag einschüchtern zu können, hat er aufs falsche Pferd gesetzt. Jetzt will ich diesem Mistkerl erst recht Paroli bieten! Deshalb halten wir auch an unserem Plan fest: Ihr beide fahrt auf schnellstem Weg zu *Crimebusters*, während ich mich auf die Socken zu Lesley mache.«

»Sag mal, bist du noch bei Trost!?«, platzte es aus Peter heraus. Er wurde ganz rot im Gesicht. »Dieser Psychopath hat gerade einen Mordanschlag auf dich verübt! Wie kannst du dann nur darauf bestehen, weiterzumachen, als wäre nichts passiert?«

»Die Attacke war spontan, Peter, er hat einfach die günstige Gelegenheit genutzt. Glaubst du etwa, dass Loomy seine Pläne begraben wird, wenn wir unsere Ermittlungen gegen ihn einstellen?«, hielt Bob dagegen. »Außerdem ist jetzt überhaupt nicht der geeignete Zeitpunkt, diese Sache auszudiskutieren, Zweiter!« Er wies zur gegenüberliegenden Haltestelle und grinste. »Wenn ihr mich entschuldigen würdet, dahinten kommt mein Bus und den darf ich nicht verpassen.«

»Aber, Bob …«

»Vergiss es, Peter! Wenn Bob mal einen Entschluss gefasst hat, lässt er sich um keinen Preis mehr davon abbringen!«

»Bitte? Ich hör wohl nicht richtig!«, entgegnete Peter aufgebracht. »Diese Charaktereigenschaft ist doch sonst einzig und allein dir zuzuordnen!« Er blickte zur anderen Straßenseite hinüber und musste zähneknirschend mit ansehen, wie Bob in den Bus stieg und ihnen noch einmal fröhlich zuwinkte.

»Du kannst deinen Mund jetzt wieder schließen, Zweiter.« Justus zog energisch an Peters Jacke. »Und wenn du willst, dass Mr Loomy Bob in Zukunft in Ruhe lässt, sollten wir jetzt zügig nach Santa Monica fahren und mit Mr Hustler sprechen. Also los!«

Die Buchhandlung *Crimebusters* in Santa Monica befand sich unweit der berühmten Strandpromenade Venice Beach, die einen traumhaften Ausblick auf die Los Angeles Bay bis hin zur Küste von Malibu bot. Drumherum luden Souvenirläden,

Geschäfte mit Surfartikeln sowie Blumen- und Kunststände zum ausgiebigen Bummeln ein.
Als Peter und Justus vor der Buchhandlung eintrafen und einen kurzen Blick durch das Schaufenster warfen, sahen sie, dass sich im Innern des überschaubaren Ladens nicht nur eine dichte Traube erwartungsvoller Fans eingefunden hatte, sondern der berühmte Thrillerautor ebenfalls schon vor Ort war. Er saß hinter einem Büchertisch und schien mit der Buchpräsentation bereits begonnen zu haben.
Bevor Justus seinem Freund in die Buchhandlung folgte, warf er noch einen prüfenden Blick auf die an der Straße parkenden Autos. Doch seine Hoffnung erfüllte sich nicht: Der schwarze Buick war nirgends zu sehen.
Peter wartete ungeduldig im Eingangsbereich des Buchladens. Die Aussicht, dem offensichtlich mordlüsternen Mr Loomy vielleicht in wenigen Augenblicken gegenüberzustehen, behagte ihm ganz und gar nicht und verursachte ein äußerst mulmiges Gefühl in seiner Magengegend. Umso erleichterter war er, als Justus sich an ihm vorbeischob und das Geschäft betrat. Der Erste Detektiv drängte sich unauffällig an den vielen Fans des Autors vorbei und ging zielstrebig auf eine schmale Treppe zu, die zu einer Empore hochführte. Per Handzeichen signalisierte er seinem Freund, ihm dorthin zu folgen, und eilte dann mit raschen Schritten die Stufen hinauf. Oben befand sich eine weitere Verkaufsfläche, von der aus man über eine Brüstung das gesamte Erdgeschoss überblicken konnte. Schnell machte Justus eine geeignete Stelle aus, die freie Sicht auf den Büchertisch bot. Im Gegensatz zu Rocky Beach gab es hier offenbar eine richtige Lesung. Die sechs Reihen aus Klappstüh-

len vor dem Autor waren bis auf den letzten Platz besetzt. Die übrigen Besucher mussten sich mit Stehplätzen begnügen. Dicht gedrängt blickten alle nach vorn und lauschten ihrem Idol.

»Loomy plagten keine Gewissensbisse. Seiner Meinung nach war er ohne Schuld am Tod der alten Dame, auch wenn deren Sohn, Milton Foster, das mit Sicherheit anders sah. Dieser Typ wurde ihm langsam lästig wie eine Zecke. Er hatte sich nach dem Ableben seiner Mutter an Loomys Fersen geheftet und tauchte ständig in seiner Nähe auf. Zum Glück hielt er nicht auch noch Wache vor Loomys Apartment, das praktischerweise im 23. Stock lag. Denn Milton Foster litt an Höhenangst, wie Loomy herausgefunden hatte, und betrat noch nicht einmal einen Fahrstuhl. Loomy hatte alles so bewerkstelligt, dass es so aussah, als ob nicht er, sondern die schrullige Alte, die er als Geisel genommen hatte, die eigentliche Drahtzieherin des Bankraubes gewesen sei. Ein genialer Schachzug! Nun musste er sich nur noch um diesen verfluchten Zeugen kümmern, der ihm in die Quere gekommen war. So ein blonder Junge, siebzehn oder achtzehn vielleicht, hatte ihn dabei beobachtet, wie er sich am See der Leiche entledigte. Loomy verspürte nur noch Hass! Warum hatte er bloß gleich nach der Tat seine Gummimaske abgenommen? Diese Fehlentscheidung war nun nicht mehr rückgängig zu machen.«

Ben Hustler nahm einen Schluck aus seinem Wasserglas. Es war totenstill in der Buchhandlung. Dann blätterte er ein paar Seiten vor und las weiter. *»Harry, der unfreiwillige Zeuge, verspürte Todesangst. Jede Sekunde konnte der eiskalte Killer in seinem Zimmer auftauchen und ihn für immer zum Schweigen bringen. Unfähig, auch nur einen klaren Gedanken zu fassen,* *lag der Junge auf seinem Bett und starrte ins Leere. Der Leberfleck an seinem linken Handgelenk begann zu jucken, wie immer, wenn er in Panik geriet. In dieser Sekunde wurde die Tür aufgestoßen! Es krachte …«*

An dieser Stelle klappte der Autor das Buch so laut zu, dass nicht wenige der Zuhörer erschrocken zusammenfuhren. Eine halbe Sekunde später brandete großer Applaus auf. Dann trat eine gertenschlanke Frau an den Tisch des Autors heran und wandte sich mit einem verkaufsfördernden Lächeln dem Publikum zu.

»Wenn Sie wissen möchten, wie es weitergeht, können Sie ein Exemplar des Buches für nur 38 Dollar käuflich erwerben und gleich zu Hause weiterlesen. Ab jetzt steht Ihnen der König des Realitythrillers eine halbe Stunde lang zur Verfügung. Nutzen Sie diese seltene Gelegenheit und lassen Sie sich Ihr Exemplar persönlich von Ben Hustler signieren!«

Justus und Peter blickten auf das Geschehen. Eine lange Schlange von Krimifans bildete sich und der Autor schlug das erste Buch auf, um es mit seinem Autogramm zu versehen.

»Hustler hat offenbar ein Faible für kleine, authentische Buchhandlungen«, raunte Justus Peter an der Balustrade leise zu. »*Crimebusters* ist ebenso wie *Booksmith* ein Geschäft, dem noch der typische Geruch alter Schmöker und eine Aura längst vergangener Zeiten anhaftet.«

»Wie poetisch«, entgegnete Peter trocken, während er unbeirrt fortfuhr, jeden einzelnen Besucher der unteren Etage genauestens unter die Lupe zu nehmen. »Gib dich nur deinen romantischen Gefühlsduseleien hin, Erster. Schließlich sind wir ja *lediglich* hier, um den Plänen eines eiskalten Killers auf die Spur zu kommen. Da sind solche feingeistigen Betrachtungen natürlich eine große Hilfe. Ich, für meinen Teil, halte es für sinnvoller, diesen Loomy ausfindig zu machen.« Er lehnte sich noch weiter über die Brüstung. »Da ist keiner, der auch nur annähernd so aussieht wie der Typ, den wir auf den Aufnahmen gesehen haben. Es sei denn …«

Verwundert horchte Justus auf. »Gehst du etwa davon aus, dass er sich maskiert oder verkleidet haben könnte?«

»Na ja … man sollte so was zumindest in Erwägung ziehen, oder?«

Dem wollte Justus nicht widersprechen, obwohl er an dieser Idee zweifelte. Die Person, die Bob und Ben Hustler bei *Booksmith* heimlich mit einem Handy fotografiert hatte, war nahezu zwei Köpfe größer als Bob gewesen. Daraus ließ sich schließen, dass Loomy um die zwei Meter groß war. Und soweit dies von hier oben zu beurteilen war, entsprach keiner der Anwesenden diesem Kriterium auch nur annähernd. Aus diesem Grund hielt es der Erste Detektiv für ratsam, sich wieder dem ursprünglichen Vorhaben zu widmen: im Anschluss an die Signierstunde Kontakt mit Ben Hustler aufzunehmen und ihm gezielt einige Fragen zu stellen. Er musterte den Krimiautor eingehend. Dieser hatte einen dunklen Vollbart und war vielleicht Anfang fünfzig. Die silberne Nickelbrille und das knittrige weiße Hemd, das der Autor trug, passten zu dem gängigen Klischee vom Aussehen eines passionierten Schriftstellers.

Nachdem Justus sich eine Weile auf die Gesichtszüge konzentriert hatte, fragte er sich, ob ihm dieser Mann wirklich sympathisch war, was er nicht mit absoluter Sicherheit beantworten konnte. Einerseits fand er Gefallen an den verschmitzten Zü-

gen, andererseits irritierte ihn die Grausamkeit seiner Geschichten.
»Just!«
Schlagartig wurde der Erste Detektiv aus seinen Gedanken gerissen. Der zusätzliche Boxhieb, den Peter ihm in die Seite verpasst hatte, tat sein Übriges.
»Was hast du, Zweiter?«
Peter deutete unauffällig nach unten und flüsterte: »Siehst du die Frau dort neben der Säule? Die mit dem roten Federhütchen und der schwarzen Sonnenbrille!«
»Was soll mit der sein?«
»Schau sie dir mal etwas genauer an!«
Aber auch nach intensiver Betrachtung der elegant gekleideten Dame wusste Justus nicht, worauf Peter hinauswollte, und machte ein entsprechendes Gesicht.
»Ich fresse einen Besen, wenn diese Löwenmähne echt ist«, half Peter seinem Freund auf die Sprünge. »Die trägt eine Perücke auf dem Kopf, Erster – jede Wette! Und wenn ich mir dazu noch ihre männliche Figur ansehe, ist sie doch garantiert nicht das, was sie zu sein vorgibt!«
Justus runzelte die Stirn. Der Verdacht seines Freundes schien durchaus gerechtfertigt zu sein: Die Person in dem zweiteiligen Chiffonkostüm und dem roten Federhütchen machte selbst aus der Entfernung einen wenig femininen Eindruck auf ihn und die kantigen Züge ihres stark geschminkten Gesichtes bekräftigten diese These. Dennoch schüttelte er nach kurzer Überlegung entschieden den Kopf. Er sah, wie die Dame aus ihrer Handtasche ein kleines Schminktäschchen hervorholte. Mit spitzen Fingern entnahm sie daraus einen Lippenstift und

zog sich mithilfe eines kleinen Taschenspiegels die Konturen ihrer Lippen nach, während der herzförmige Anhänger ihres silbernen Armreifens hin und her pendelte.

Unweigerlich musste Justus grinsen. »Welche Beweggründe auch immer diese Frau dazu veranlassen, sich in dieser Aufmachung der Öffentlichkeit zu präsentieren, Zweiter: Es *kann* sich hierbei nicht um Loomy handeln. Denn dieser ist mindestens zwei Köpfe –«

»... größer als Bob!«, kam Peter ihm schnippisch zuvor. »Das ist mir in dem Video auch schon aufgefallen. Dennoch kannst du doch nicht bestreiten, dass diese Person da unten inmitten der Fans wie ein absoluter Fremdkörper wirkt! Mal ganz davon abgesehen, dass sie sich nicht in die Schlange der anderen Besucher eingereiht hat und das ganze Geschehen nur – wie hat Lesley gesagt – als ›Zaungast‹ zu beobachten scheint.«

»Und wie sollte es Loomy bewerkstelligt haben, nachdem er gerade erst in Rocky Beach bei Lesley im Laden war, sich in dieser kurzen Zeitspanne in solch eine aufwendig gestylte hier anwesende Dame zu verwandeln?«, brachte Justus seine Zweifel zum Ausdruck. »Von der unterschiedlichen Körpergröße und der erheblich abweichenden Statur mal ganz abgesehen?«

Diesem Argument hatte Peter nichts entgegenzusetzen. Dennoch beschloss er, die auffällige Erscheinung nicht aus den Augen zu lassen ...

Sprachlos

Als Bob den Eingangsbereich von *Booksmith* betrat, schlug ihm eisige Kälte entgegen. Die wurde jedoch nicht von der laufenden Klimaanlage verursacht, sondern ging einzig und allein von Lesley aus. Ihre frostigen Blicke und die zusammengekniffenen Lippen machten allzu deutlich, dass sie auf den dritten Detektiv alles andere als gut zu sprechen war.

»Alle Achtung! Das ging ja schneller, als ich erwartet hatte.« Der ebenfalls kalte Klang ihrer Stimme ließ Bob kurz zusammenfahren.

»Und dazu hast du dich auch noch an meine Forderung gehalten, Respekt!« Sie verzog das Gesicht. »Wobei mich interessieren würde, wie du den ›großen‹ Justus davon abbringen konntest, hier ebenfalls anzutanzen.«

Bob sah sie an. »Ich glaube, mir fehlen einige wichtige Informationen, um nachvollziehen zu können, warum du so sauer bist, Lesley. An Justus' Verhalten allein kann es doch nicht liegen, oder?«

»Wie kommst du denn auf so einen abwegigen Gedanken?«, schnellte es wie ein giftiger Pfeil aus ihr hervor. »Mir geht es blendend und ich fühle mich von einer Zentnerlast befreit! Ich weiß jetzt nämlich, was für ein verlogener Mistkerl du bist!«

»Wie bitte? Was hab ich denn getan, Lesley?« Spontan trat Bob an sie heran und legte ihr die Hände auf die Schulter.

»Pfoten weg!« Wie elektrisiert wich Lesley einen Schritt zurück. »Mit dir bin ich durch. Ein für alle Mal!«

Bobs verstand gar nichts. Was mochte Lesley nur dazu bewegt haben, sich ihm gegenüber derart wütend zu verhalten? Nie zuvor hatte er sie so aufbrausend erlebt. Es musste etwas mit dem Auftauchen des Typen aus den Videoaufzeichnungen zu tun haben. Nur was?

»Ja, jetzt bist du sprachlos, was?« Abfällig blickte sie ihn an. »Ich weiß jetzt nämlich alles und gehe mal davon aus, dass die ganze Sache noch ziemlich unangenehm für dich wird, sobald dich dieser Kerl zu fassen kriegt! Das hat man halt davon, wenn man aus verbotenen Honigtöpfen nascht!«

Bob überkam das Gefühl, eine monströse Schlange würde sich um seinen Hals winden, um ihn langsam und gnadenlos zu erwürgen. »Wovon um alles in der Welt redest du denn da?«

»Du willst es also noch mal in allen Einzelheiten aufs Brot geschmiert bekommen? Kein Problem.« Sie zog den Bürostuhl zu sich heran und ließ sich darauf nieder. »Der Typ, hinter dem ihr her seid, ist vielmehr hinter *euch* her! Oder präziser gesagt, hinter *dir*, Bob!«

»Ach. Und weshalb?«

»Weil du ihm seine Freundin ausgespannt hast!«, platzte es wutentbrannt aus ihr heraus. »Schon seit einem Jahr bist du mit ihr zusammen, tust aber immer so, als ob du dir keine Freundin leisten kannst, weil dich die Detektivarbeit Tag und Nacht in Beschlag nimmt. Und ich Idiotin hab dir diese Nummer auch noch abgekauft!«

Bob stockte der Atem. »Moment mal, Lesley, das …«

Er brach ab. Die Informationen, die ihm das Mädchen soeben entgegengeschleudert hatte, lösten so viele Fragen in ihm aus, dass er nicht in der Lage war, zu entscheiden, welche von ihnen er als erste klären sollte. Doch als er bemerkte, wie Lesley plötzlich mit den Tränen kämpfte, wurde ihm mit einem Mal bewusst, was ihm nie zuvor in den Sinn gekommen war: Lesley schien sehr viel für ihn zu empfinden. Weitaus mehr, als er bisher auch nur geahnt hatte! Doch mit dieser Tatsache konnte er sich unmöglich mal so eben zwischen Tür und Angel auseinandersetzen, geschweige denn ein klärendes Gespräch mit Lesley führen. Nicht jetzt – in dieser komplizierten Situation!

»Hör zu, Lesley«, wagte er schließlich die Flucht nach vorn und blickte ihr dabei tief in die Augen. »Ich habe nicht die geringste Ahnung, weshalb dir dieser Typ diesen Quatsch aufgetischt hat, aber jedes Wort davon ist erstunken und erlogen. Ich kenne ihn nicht. Ich kenne auch seine Freundin nicht, ich habe keine heimliche Beziehung und ich habe dich auch nicht belogen. Das schwöre ich dir!« Er atmete tief durch. »Nimmst du mir das ab?«

Lesley zögerte. Ein kurzes Zucken fuhr durch ihre Mundwinkel. »Aber vorhin habt ihr drei mir nicht die Wahrheit gesagt, richtig?«

»Inwiefern?«

»Oder hast du Justus und Peter ebenfalls belogen, weil dir die Sache mit dieser Frau unangenehm ist und du nicht –«

»Da ist nichts und da war nichts, Lesley!«, fiel ihr Bob ins Wort. Jetzt wurde er auch langsam sauer. »Was meinst du damit, dass wir dir vorhin nicht die Wahrheit gesagt haben?«

»Ihr seid doch nicht wirklich so erpicht darauf gewesen, euch diese Videoaufzeichnungen anzusehen, nur weil dich dieser Mann am Telefon belästigt hat. Das kannst du deiner Großmutter erzählen, aber nicht mir!«

»Doch, das ist die reine Wahrheit. Obwohl der Begriff ›belästigt‹ ...«, Bob schluckte, »... wohl etwas untertrieben war.«

»Aha. Jetzt kommen wir der Sache etwas näher.« Lesley warf einen kurzen Blick auf ihre Armbanduhr. »Die Post, bei der ich das Paket abholen sollte, hat ohnehin bereits geschlossen. Und in zwei Minuten mache ich hier den Laden dicht. Ich bin zwar in einer halben Stunde mit Mary-Anne zum Kino verabredet, aber ich werde sie anrufen und die Verabredung verschieben.« Sie blickte ihn herausfordernd an. »Stattdessen bleiben wir hier und du erzählst mir in allen Einzelheiten, was es mit diesem Typen auf sich hat. *Anschließend* erfährst du von mir als Gegenleistung, was sich hier vorhin im Laden abgespielt hat.« Sie streckte ihm die Hand entgegen. »Deal?«

Bob nickte und schlug ein.

Mittlerweile neigte sich Ben Hustlers Signierstunde ihrem Ende entgegen. Die Warteschlange bestand nur noch aus ein paar letzten Fans. Im Umkehrschluss war es im Laden jedoch nicht auffallend leerer geworden. Die Anhänger des Thrillerautors wollten dessen Anwesenheit offenbar voll auskosten und erst nach Hause gehen, wenn das offizielle Ende des Events verkündet und Ben Hustler hinausgeleitet worden war.

Justus und Peter standen noch immer am Geländer der Empore auf Posten. Es hatte sich zwischenzeitlich nichts Bemerkenswertes ereignet. Kein Zweimeterhüne war auf der Bildfläche erschienen. Und auch die seltsame Frau mit der Kunsthaarperücke fungierte weiterhin nur als stille Beobachterin der Veranstaltung. Das Einzige, was sie tat, war, dass sie in vermeintlich unbeobachteten Momenten in ihre Handtasche griff, eine kleine schwarze Box herausholte, diese öffnete, einen kleinen Pinsel herausnahm und sich dann die Wangen mit Rouge auffrischte.

Nachdem die Reihe der Wartenden auf drei Personen geschrumpft war, entschied sich der Erste Detektiv, zu handeln. Er nickte Peter kurz zu und die beiden begaben sich mit schnellen Schritten ins Erdgeschoss. Justus trat an den Büchertisch heran, während Peter mit etwas Abstand stehen blieb und gespannt abwartete, wie sein Freund weiter vorgehen wollte.

Schließlich war Justus an der Reihe. Ben Hustler blickte zu ihm hoch und sah ihn fragend an. »Kurz entschlossen nun doch ein Buch oder nur eine Autogrammkarte?«

»Kurz entschlossen?« Justus stutzte. »Wie meinen Sie das?«

»Die ganze Zeit hast du gemeinsam mit deinem Kumpel dort oben auf der Empore gestanden und ihr habt mir beim Signieren zugesehen. Das ist mir natürlich nicht entgangen. Und jetzt kommst du als Allerletzter doch noch zu mir an den Tisch.«

»Respekt, Sir«, entgegnete Justus anerkennend. »Einem Krimiautor entgeht nicht das geringste Detail!«

Hustler nickte geschmeichelt. »Also: Buch oder Autogrammkarte?«

»Mir geht es lediglich um eine Auskunft, Sir«, sagte Justus nun so leise, dass niemand mithören konnte. Ihm war bewusst, dass er nur wenige Sekunden hatte, um sein Gegenüber von der Notwendigkeit eines gemeinsamen Gesprächs zu überzeugen, bevor einer der Mitarbeiter einschreiten und seinen Plan verhindern konnte.

»Was willst du denn wissen?«, erkundigte sich der Autor entgegenkommend.
»Ein Kollege unseres Teams wird telefonisch von einem unbekannten Anrufer massiv bedroht, Sir«, setzte Justus alles auf eine Karte. »Dazu benutzt er offenbar einen Stimmverzerrer, um seine Identität zu verschleiern. Er gibt sich als ein gewisser Loomy aus, der Mörder in Ihrem neuen Buch, und scheint felsenfest überzeugt davon zu sein, dass es sich bei dem jugendlichen Zeugen namens Harry, der ihn in Ihrer Story als Einziger ohne die Gummimaske gesehen hat, um meinen Freund Bob handelt!«
»Bitte?« Unvermittelt fuhr ein kurzes Zucken durch Ben Hustlers Mundwinkel. Doch dann hatte sich der Krimi-Autor wieder im Griff und reagierte auf Justus' Äußerung mit einem breiten Grinsen. »Das ist wirklich gut, Junge! Für einen winzigen Augenblick dachte ich wirklich, du meinst es ernst. Alle Achtung! Ich habe etwas übrig für schwarzen Humor. Du solltest dich vielleicht mal dranmachen, selbst ein Buch zu schreiben. Die dazu benötigte Fantasie scheinst du jedenfalls zu haben.«
»Das ist kein Spaß, Sir, und entspringt auch nicht meiner Fantasie!«, flüsterte Justus dem Autor eindringlich zu und ließ sich nicht aus dem Konzept bringen. »Derselbe Mann hat vorhin einen Mordanschlag auf meinen Freund verübt, dem der nur um Haaresbreite entgehen konnte. Und wenn Sie nicht bereit sind, mir diesbezüglich zumindest für zwei Fragen Rede und Antwort zu stehen, sähe ich mich leider dazu gezwungen, die Polizei –«
»Gibt es Ärger, Ben?«

Wie aus dem Nichts trat plötzlich ein breitschultriger Mann im schwarzen Anzug heran und baute sich in voller Größe neben Justus auf.

»Einen Moment«, hielt Ben Hustler den Muskelmann mit einer kurzen Handbewegung zurück und wandte sich dann leise Justus zu. »Wie lauten deine Fragen?«

»Beruht Ihr Roman auf wahren Begebenheiten? Und falls dies zutreffen sollte: Welches Verbrechen diente Ihnen dabei als Vorlage? Selbst nach ausgiebiger Recherche im Internet konnte niemand dazu Hinweise finden.«

»Ben, du bist diesem jungen Mann keine Rechenschaft schuldig«, kam der herangetretene Mann dem Autor zuvor, der gerade im Begriff war, auf Justus' Fragen einzugehen. »Und als dein Agent empfehle ich dir, keine internen Informationen an deine Fans weiterzugeben!«

Justus blickte dem Autor fest in die Augen. »Sehen Sie das auch so, Mr Hustler?«

»Die Signierstunde ist hiermit beendet!«, verkündete der Agent entschieden. »Mr Hustler hat einen anstrengenden Arbeitstag hinter sich und muss sich jetzt dringend ausruhen. Dennoch würden wir uns freuen, Sie bei der Vorstellung seines nächsten Buches alle wiederzusehen, und wünschen Ihnen noch einen schönen Abend!«

Justus wandte sich kurz um und versuchte in der dichten Traube der Anwesenden Peter auszumachen. Doch der war nirgends zu entdecken. Noch ehe er sich darüber wundern konnte, wurde er plötzlich von hinten unsanft an der Schulter gepackt und er verspürte an seinem Ohr einen unangenehmen Atem.

»Dir empfehle ich wärmstens, deine dicke Kiste jetzt ganz schnell hier rauszuschaffen und auf Nimmerwiedersehen zu verschwinden! Haben wir uns da verstanden, Freundchen?«

In Luft aufgelöst

Justus fuhr herum und blickte in die eiskalten Augen des Agenten. Dennoch ließ er sich von dessen Drohgebärde keineswegs einschüchtern.

»Kein Problem, Sir. Ich werde Ihrer Forderung ohne Widerstand Folge leisten. Gestatten Sie mir aber bitte noch diese eine Amtshandlung, zu der sich unser Unternehmen geradezu verpflichtet fühlt!« Ohne eine Reaktion des verdutzten Agenten abzuwarten, zog Justus aus der Innentasche seiner Jacke eine Visitenkarte hervor und überreichte sie mit ausladender Geste Ben Hustler. »Für alle Fälle, Sir! Man weiß ja nie ...«

Überrascht nahm der Autor die Karte entgegen und warf einen fragenden Blick darauf.

»Wenn ich mich nun empfehlen dürfte?« Majestätisch hob Justus die Hand und schenkte dem Agenten beim Rückzug noch ein überlegenes Grinsen. Dann ließ er seine Blicke durch den Verkaufsraum schweifen und entdeckte schließlich Peter an einer Säule in unmittelbarer Nähe der Ladentür, neben der dieser sich postiert hatte.

»Mann!«, empfing ihn der Zweite Detektiv mit einem äußerst besorgten Gesichtsausdruck. »Ich sehe dir schon von Weitem an, dass dein Vorhaben in die Hose gegangen ist. Ist doch so, oder?«

»Mal ganz davon abgesehen, dass ich alleine die Kartoffeln aus dem Feuer holen musste, während du diskret im Hintergrund geblieben und deshalb in keinster Weise in der Position bist, Kritik zu üben, Zweiter, kann ich zumindest von einem winzigen Teilerfolg sprechen. Ob die Saat auch aufgeht, liegt nun in Ben Hustlers Händen. Doch wenn der werte Starautor *neben* seiner schriftstellerischen Genialität auch die Fähigkeit besitzt, logische Zusammenhänge miteinander zu verknüpfen, müsste mein Plan aufgehen.«

Peter rümpfte verärgert die Nase. »Den Grund meines Fernbleibens vom Büchertisch kann ich dir gerne erklären, Erster«, übernahm er provokant die geschwollene Wortwahl von Justus. »Ich hielt es nämlich für effektiver, zweigleisig zu operieren. Während du dich mit dem ›genialen‹ Ben Hustler auseinandersetzen durftest, habe ich unsere Perückenfrau im Auge behalten. Allerdings ohne ein nennenswertes Ergebnis.« Er holte kurz Luft. »Aber nun zu dir: Soweit ich es aus der Entfernung mitverfolgen konnte, ist dir bei deinem Vorhaben offenbar Hustlers Bodyguard in die Quere gekommen. Du hast dann die Strategie geändert, wenn ich deine Aussage vorhin richtig verstanden habe?«

»Der Bodyguard ist seinen eigenen Äußerungen nach Hustlers Agent«, stellte Justus zunächst richtig. »Und er fuhr mir tatsächlich ziemlich schnell dazwischen, noch ehe ich die benötigten Antworten auf meine gestellten Fragen erhalten konnte. Hustlers Reaktion darauf sprach jedoch Bände.«

»Inwiefern?«

»Ich halte es für sinnvoller, das Gespräch außerhalb dieser Räumlichkeiten fortzuführen, Zweiter«, meinte Justus hinsichtlich der vielen Menschen, die sich nun dicht an ihnen vorbei auf den Ausgang zubewegten.

Peter nickte und war gerade im Begriff, Justus' Vorschlag in die Tat umzusetzen, als er plötzlich zusammenzuckte und in Richtung Büchertisch deutete.

»Erster, der Muskelmann kommt direkt auf uns zu! Will der uns jetzt persönlich vor die Tür setzen? Lass uns lieber schnell abhauen, bevor es hier ungemütlich wird.«

»Einverstanden«, stimmte Justus zu, während Peter schon mit raschen Schritten die Flucht antrat.

»Wartet mal, Jungs!«

Überrascht verharrte der Erste Detektiv in der Bewegung. Der Tonfall des Agenten klang plötzlich alles andere als drohend, nahezu freundlich. Und als Justus sich umdrehte, meinte er, in dessen Gesichtsausdruck beinahe so etwas wie Besorgnis zu erkennen.

»Gut, dass ich dich noch erwischt habe.« Er kam vor Justus zum Stehen und wirkte sichtlich erleichtert.

Justus nutzte die Gelegenheit und gab sich arrogant. »Gibt's ein Problem, Sir? Mein Kollege wartet bereits draußen vor dem Laden auf mich und offen gestanden haben wir es jetzt ziemlich eilig. Worum geht es denn?«

»Mr Hustler will dich sprechen.« Der Mann senkte die Stimme, während sich die hinausgehenden Besucher an ihnen vorbeischoben. »Wenn du mir bitte folgen würdest?«

Justus nickte und ließ sich zu dem Büchertisch zurückführen, an dem Ben Hustler bereits unruhig auf die beiden zu warten schien.

»Gute Arbeit, David«, lobte der Schriftsteller seinen Agenten, als dieser mit Justus an ihn herantrat. »Zuverlässig wie immer!«

Der Agent verzog keine Miene.

»Darf man fragen, was Sie zu dem Sinneswandel veranlasst hat, nun doch noch mit mir zu reden, Sir?«, ging Justus selbstbewusst in die Offensive, obwohl er ziemlich sicher war, die Antwort darauf bereits zu kennen.

»Selbstverständlich.« Ben Hustler rückte nervös seine Brille zurecht. »Aber nicht hier und nicht jetzt.«

»Gut«, erwiderte Justus knapp. »Was schlagen Sie vor?«

Der Autor griff unter den Tisch und zog eine abgewetzte, wildlederne Aktentasche hervor. Dieser entnahm er eine schmale Dokumentenmappe, die an den Ecken mit zwei Gummischlaufen zusammengehalten war, und legte sie vor sich auf den Tisch.

Plötzlich vernahm der Erste Detektiv hinter sich eine Bewegung und eine ihm wohlvertraute Stimme.

»Ich glaub's ja nicht! Ich steh mir draußen die Füße platt, und hier drinnen gibt's jetzt *doch* noch eine Privataudienz?!«

Umgehend fuhr Justus herum und gebot dem Zweiten Detektiv mit einer unmissverständlichen Geste seiner Hand, still zu sein.

Peter registrierte sofort, dass sein flapsiger und vor allem unüberhörbarer Auftritt ein Fehler gewesen war, zumal er in diesem Moment die Perückenfrau erspähte, die sich nun näher am Büchertisch, jedoch von hier aus in einem nur schwer einsehbaren Winkel des Raumes postiert hatte.

»Wenn ich uns alle kurz vorstellen darf«, sagte der Erste Detektiv nun mit gedeckter Stimme. »Ich bin Justus Jonas und das ist Peter Shaw. Unser Dritter im Bunde, Bob Andrews, ist derweil anderweitig –«

»Wir sprechen später über alles Weitere«, fiel ihm Ben Hustler ungeduldig ins Wort. Er öffnete die Dokumentenmappe und entnahm ihr einen farbigen Faltprospekt, wie man ihn in Hotelfoyers, Tankstellen und Souvenirshops findet.

»Ihr kennt doch sicher den Mount San Jacinto State Park oben in den Bergen von Palm Springs«, erklärte er den zwei Detektiven. »Auf der Innenseite dieses Prospekts befindet sich ein genauer Plan dieses Areals. Mit einem Kreuz habe ich markiert, wo ihr mich antreffen könnt. Eine kleine Hütte, in die ich mich meist für mehrere Monate im Jahr zurückziehe, um dort in Ruhe schreiben zu können.« Er reichte Justus die Touristenbroschüre. »Könntet ihr drei es einrichten, morgen am frühen Abend dort vorbeizukommen? Ich muss mittags leider noch zu einer Verlagsbesprechung, aber ab sechs Uhr bin ich garantiert wieder in meiner Hütte. Dann können wir alles in Ruhe klären.«

»Abgemacht, Sir!«, willigte Justus ohne Zögern ein. »Wir werden pünktlich vor Ort sein.«

»Vorausgesetzt, dass Bob dann noch am Leben ist …«, fügte der Zweite Detektiv an.

»Wie bitte?« Der Autor blickte Peter entgeistert an. »Wenn das ein Scherz sein sollte, fände ich den aber äußerst geschmacklos.«
»Ach ja?«, erwiderte Peter. »Da sieht man doch mal, was für gegenteilige Auffassungen wir haben: Ich für meine Person wäre nämlich ziemlich froh, wenn sich am Ende alles nur als Scherz herausstellen sollte.«
»Lassen wir das jetzt, Zweiter!«, unterbrach ihn der Erste Detektiv. Er ließ den Faltplan in seiner Jackentasche verschwinden und streckte Ben Hustler zum Abschied die Hand entgegen. »Also, Sir, bis morgen dann. Komm, Peter, gehen wir!«
Peter nickte dem Autor und seinem Agenten nur kurz zu. Dann ließ er seinen Blick noch einmal durch den Verkaufsraum kreisen ... und stutzte.
»Moment mal ...« Mit schneller werdenden Schritten und einer seltsamen Vorahnung ging er auf die verwinkelte Nische des Raumes zu. Dann blieb er stehen und lugte vorsichtig um die Ecke.
Justus folgte ihm. »Ist was, Peter? Was hast du denn?«
»Diese Perückenfrau ...« Irritiert fasste sich der Zweite Detektiv an den Kopf. »Gerade eben hat sie noch hier in der Nische gestanden und uns beobachtet.«
»Hier in der Nische? Aber da ist niemand. Bist du sicher, dass du dich nicht getäuscht hast?«
Der Zweite Detektiv sah ihn aufgebracht an. »Die Schminktante hatte sich mit Absicht hierher zurückgezogen und uns genauestens im Blick gehabt!« Hastig schob er Justus zur Seite, durchquerte den Laden und trat auf die Straße hinaus.

Doch weit und breit war auch hier von der verdächtigen Person nichts zu sehen. Es schien fast, als hätte sie sich in Luft aufgelöst ...

Lesleys schwere Stunde

Der Heißhunger und die Notwendigkeit, ihre neuesten Informationen noch an diesem Abend untereinander auszutauschen, veranlasste die drei Detektive, statt sich in der Zentrale zu treffen, ihre Besprechung in »Henry's Burger-Kitchen« zu verlegen. Das neu eröffnete Schnellrestaurant in Rocky Beach war für diesen Anlass eine hervorragende Wahl, zumal die im Schaufenster aushängende Speisekarte »lukullische Spezialitäten« ankündigte.

Justus wählte den Doppelburger »Hawaii Spezial mit Ananas und Johannisbeersoße«, während sich Peter und Bob dazu entschieden, sich eine Riesen-Pizza »Sunny Rocky Beach« zu teilen. Der Belag bestand aus Meeresfrüchten, Zitronenscheiben und einer »gaumenschmeichelnden Cocktailsoße«.

»Und?«, erkundigte sich der Erste Detektiv, nachdem er sich bereits die Hälfte seines Burgers einverleibt hatte. »Wie mundet euch die Kreation ›Rocky Beach‹? Wobei ich selbst beim besten Willen nicht nachvollziehen kann, welche Verbindung zwischen Meerestieren, Zitrusfrüchten, einer Cocktailsoße und unserem kleinen Städtchen bestehen könnte.«

»Dann mangelt es dir in diesem Fall aber an Fantasie«, zog ihn Bob belustigt auf. »Rocky Beach liegt an der Küste und das kalifornische Klima bietet die besten Voraussetzungen für das Gedeihen von Orangen und Zitronen. Küste gleich Meerestiere, Sonne gleich Zitrusfrüchte. Und Cocktailsoße, na ja, ›Cocktails on the Rocks‹ gleich Rocky Beach. Was gibt's denn da nicht zu verstehen?«

»Wobei die Pizza dazu noch hervorragend schmeckt!« Peter hielt ihm ein Stück entgegen. »Willst du mal probieren, Erster?«

Justus lehnte dankend ab. »Ein anderes Mal gern, aber jetzt lasst uns besser zur Tagesordnung übergehen und über die Neuigkeiten sprechen.«

»Dann überlasse ich *dir* den Vortritt, Just«, antwortete Bob mit vollem Mund. »Bis du mit deinen Ausführungen fertig bist, haben Peter und ich aufgegessen.«

»Einverstanden!« Der Erste Detektiv berichtete in allen Einzelheiten, was ihm und Peter während ihres Besuches bei *Crimebusters* widerfahren war.

Bob hörte ihm kauend, aber mit allergrößtem Interesse zu und wurde dabei zusehends unruhiger. »Und morgen will uns Ben Hustler in Palm Springs tatsächlich in dieser Ranger Station oben im San Jacinto State Park empfangen?«, vergewisserte er sich ungläubig, nachdem Justus seinen Vortrag beendet hatte. »Das ist kein Witz?«

»Justs cleverer Schachzug mit unserer Visitenkarte hat den Autor in letzter Sekunde zum Einlenken bewegt«, bestätigte der Zweite Detektiv, nachdem er sich mit einer Serviette die letzten Pizzareste vom Mund gewischt hatte. »Und damit steht der Privataudienz bei deinem Lieblingsautor nichts mehr im Wege.«

»Nicht schlecht, Erster!«, lobte Bob. »Ihr glaubt gar nicht, wie sehr ich diesem Treffen entgegenfiebere! Zumal sich nach Lesleys Beichte meine ohnehin schon starken Beklemmungen noch gesteigert haben.«

Justus horchte auf. »Was denn für eine Beichte?«

In knappen Sätzen erläuterte Bob, wie der vermeintliche Loomy mit seinem Lügenkonstrukt Lesleys Gefühle in Wallung gebracht und sie mit der abstrusen Geschichte von Bobs angeblicher Freundin aus der Reserve gelockt hatte.
Peter musste gegen seinen Willen grinsen. »Mensch, Bob, du weißt wirklich, wie man die Damenwelt beeindrucken kann ... Wie machst du das bloß?«
»Lass das, Zweiter!«, fuhr ihn Justus ziemlich gereizt an. »Mein Interesse gilt ausschließlich der Information, wozu sich Lesley nach Loomys Provokation hat hinreißen lassen. Also, Bob: Ich höre!«
Der dritte Detektiv rutschte näher zu seinen Freunden heran und senkte die Stimme. »Im Nachhinein könnte sich Lesley in den Hintern beißen! Anscheinend empfindet sie für mich weitaus mehr, als ich bisher angenommen habe. Daher ist sie völlig ausgeflippt, als Loomy ihr weismachte, dass ich ihm seine Freundin ausgespannt und mit der eine heimliche Beziehung begonnen hätte. Damit hat er bei Lesley genau den richtigen Nerv getroffen.«
Peter stutzte. »Soll heißen, Bob?«
»Loomy hat Lesley heute in der Buchhandlung aufgesucht, um aus ihr herauszukriegen, weshalb wir heute ebenfalls bei *Booksmith* waren. Anfangs hielt sie sich ihm gegenüber noch bedeckt. Doch nachdem ihr dieser durchtriebene Typ seine Lügengeschichte aufgetischt hatte, sind bei ihr sämtliche Sicherungen durchgebrannt ... und sie hat ihm nicht nur von unseren Nachforschungen inklusive den Videoaufzeichnungen berichtet –«
»Sondern ...?«

Bob biss sich auf die Zunge und zögerte eine Weile, bevor er weitersprach. »Wie Justus bereits vermutet hat, ließ sie sich in ihrer Wut auch dazu hinreißen, ihm mitzuteilen, dass wir vorhatten, die *Crimebusters*-Buchhandlung aufzusuchen, woraufhin Loomy Lesley zu verstehen gab, dass er die Sache persönlich mit mir klären wolle und fest dazu entschlossen sei, notfalls bis aufs Messer für seine Beziehung zu kämpfen. Daraufhin hat Lesley dann aber doch Schiss gekriegt und Loomy quasi gewarnt.«

»Gewarnt?«, fragte Justus.

»Na ja, sie hat ihm gesagt, dass er uns nicht unterschätzen dürfe, weil wir Detektive seien und einen guten Draht zur Polizei hätten.«

Peter spürte eine unbändige Wut in sich aufsteigen. »Versteh einer die Frauen! Um dich letztendlich doch noch vor Loomys Rache zu schützen, hat sie ihn stattdessen mit dieser Äußerung dazu gebracht, dich anschließend mit dem Auto umzumähen!«

»Lass gut sein, Zweiter«, versuchte Bob ihn zu beschwichtigen. »Im Nachhinein macht sich Lesley für diese Dummheit schwere Vorwürfe und letztendlich haben wir selbst sie überhaupt erst in diese Situation gebracht. Sie hat mit der Sache ja eigentlich gar nichts zu tun. Außerdem haben wir durch sie äußerst wichtige Erkenntnisse erlangt. Deshalb nehme ich ihr das nicht übel. Ich hab mich vielmehr für übermorgen mit ihr zum Essengehen verabredet – ganz gleich, ob wir den Fall bis dahin gelöst haben oder nicht!«

»Was Lesley betrifft, musst du selbst wissen, was du tust«, räumte Peter großzügig ein. »Was uns jedoch alle betrifft: Wie können wir verhindern, dass uns Loomy nicht einfach alle drei aus dem Weg räumt, nachdem er nun weiß, dass wir gegen ihn ermitteln?«

»Der Zwei-Meter-Hüne hat sich bei *Crimebusters* nicht blicken lassen«, entgegnete Justus gelassen. »Daher nehme ich an, dass sein Anschlag mit dem Buick auf Bob nur dazu diente, uns einzuschüchtern. Lassen wir ihn in dem Glauben, dass er damit Erfolg hatte. Daher halte ich es für ratsam, bis zu unserem morgigen Treffen mit Ben Hustler nur unverfänglichen Dingen nachzugehen, um diesen Irren in Sicherheit zu wiegen, falls er uns tatsächlich überwachen sollte.«

»Einverstanden, Erster.« Mit einer Serviette wischte sich Bob die letzten Krümel der Pizza aus den Mundwinkeln. »Wobei ich vergessen habe, euch noch eine wichtige Sache mitzuteilen. Ich weiß jetzt nämlich, wie Loomy an meine Handynummer gekommen ist!«

»Ach?« Peter und Justus horchten erstaunt auf.

»Die Antwort darauf hat meine Mutter geliefert«, erklärte der dritte Detektiv. »Am Morgen nach seinem ersten Anruf hat er bei uns zu Hause noch einmal durchgeklingelt und meine Mom so lange beredet und genervt, bis sie ihm schließlich meine Nummer gegeben hat, nur um ihn endlich wieder loszuwerden!«

»Na super!« Peter strich sich gesättigt über den Bauch. »Wenn sich die anderen Fragen in diesem Fall auch so einfach klären ließen, wäre ich echt glücklich.«

»Positives Denken macht sich fast immer bezahlt«, entgegnete Justus zuversichtlich. »Und wenn wir wie gewohnt dazu noch unseren doch immer wieder hilfreichen Verstand einsetzen, wird sich bereits morgen klären, was es mit den ganzen Vorkommnissen um Ben Hustlers Thriller *Höhenangst* tatsächlich auf sich hat!«

Unter Hochspannung

An der Station des Palm Springs Aerial Tramway, von der die Besucher per Seilbahn in den Mount San Jacinto State Park befördert wurden, herrschte aufgrund des vorangeschrittenen Nachmittags nur noch ein spärlicher Publikumsverkehr. Vereinzelte Touristen warteten auf ihre Fahrt in schwindelnde Höhen oder standen an einem der Kassenschalter, um ein Ticket zu lösen. Zumindest die, die sich nicht durch die gepfefferten Preise von dieser spektakulären Unternehmung abhalten ließen.

»Fünfundzwanzig Dollar pro Nase sind schon ziemlich unverschämt!« Peter rümpfte verächtlich die Nase und zog sein Portemonnaie nur widerwillig hervor. »Gibt es keine günstigere Methode, da raufzukommen?«

»Selbstverständlich. Um in den Naturschutzpark zu gelangen, stehen dir auch einige Wanderpfade zur Verfügung«, klärte ihn Justus schulmeisterlich auf. »Solltest du dich aber für diese Variante entscheiden, lass dir gesagt sein, dass selbst erfahrene Wanderer mindestens vier Stunden Fußmarsch benötigen, bis sie bei der Ranger Station angelangt sind.«

»Vier Stunden?« Peter winkte dankend ab. »Ich verzichte freiwillig. Und mit dem Auto gibt's wirklich keine Möglichkeit?«

»Mit einem geländetauglichen Wagen wäre es von Westen her über den Humber Park schon machbar, Zweiter. Allerdings nur in der Theorie, da das Befahren der Wanderpfade mit Fahrrädern und Autos aus ökologischen Gründen strengstens untersagt ist und nur in besonderen Fällen eine Genehmigung erteilt wird.«

»Verstehe«, entgegnete Peter und übernahm darauf mit einem Zähneknirschen die Zahlung der beiden Fahrscheine. »Doch auch wenn wir normalerweise von unseren Klienten kein Honorar fordern, werde ich Ben Hustler gleich oben bitten, die Kosten zu übernehmen. Fünfundsiebzig Dollar inklusive Bobs Ticket hab ich nicht mal so eben übrig. Der Bestsellerautor aber vermutlich schon.«

»Apropos Bob.« Justus verzog das Gesicht. »Auch wenn ihm sein Anruf vorhin in der Zentrale offenkundig nicht leichtgefallen ist, kann ich nicht nachvollziehen, wie er sich zu diesem Zeitpunkt von seinem Vater, wozu auch immer, einspannen lassen konnte. Er weiß doch, wie wichtig unser Treffen mit Ben Hustler ist und dass er die Schlüsselrolle dabei spielt!«

»Reg dich nicht künstlich auf, Erster«, entgegnete Peter zuversichtlich. »Bob hat felsenfest versprochen, so schnell wie möglich nachzukommen, und das wird er auch, jede Wette.«

»Also schön. Hauptsache, *wir* sind pünktlich! Nebenbei erwähnt bin ich mir sicher, dass unser Starautor nicht kleinlich ist und unsere anfallenden Spesen ohne ein Wimpernzucken übernehmen wird. Auf nach oben!«

Der Erste Detektiv zog seinen Freund mit sich und gemeinsam folgten sie den vorangehenden Besuchern in die bereitstehende Seilbahngondel. »Jetzt geht es auf 2597 Meter Höhe«, gab er sein Wissen an Peter weiter, nachdem sich die Tür automatisch geschlossen und die Kabine sich in Bewegung gesetzt hatte. »Die Palm Springs Aerial Tramway ist die größte der drei rotierenden Luftseilbahnen der Welt, deren Standfläche im Inneren sich während der Fahrt um sich selbst dreht. Sie fährt dabei über fünf Stützen und legt eine Entfernung von 3895 Metern zurück.«

Wie aufs Stichwort begann die langsame Rotation, die bei den Insassen enthusiastische Begeisterungsrufe auslöste. Sie lachten laut auf und genossen den fantastischen Rundblick über Palm Springs und die imposanten Felsformationen.

»Ist es nicht irre?« Peter deutete aufgeregt zur Talstation hinunter, die mit ihren umliegenden Häusern, Bäumen, Straßen und parkenden Autos kleiner und kleiner wurde. »Ich frage mich, weshalb wir uns erst jetzt dieses phänomenale Erlebnis gönnen, obwohl wir schon seit Ewigkeiten die Gelegenheit dazu gehabt hätten!«

»Das lag schlicht und ergreifend an den fünfundzwanzig Dollar und den dadurch zwangsläufig entstehenden Löchern in unseren Geldbörsen«, entgegnete Justus sarkastisch. »Doch schließlich gibt es für alles *immer* ein erstes Mal. Danken wir also unserem Auftraggeber, dass er uns quasi dazu genötigt hat, ihn auf *diese* Weise in seinem Domizil aufzusuchen.«

In dem Moment fuhr durch die Kabine ein heftiger Ruck! Die Gondel geriet ins Schaukeln, die Fahrgäste begannen zu juchzen und amüsierten sich wie kleine Kinder.

Peter wurde kreidebleich und klammerte sich instinktiv an Justus fest. »Was zum Teufel war das denn, Erster? Und weshalb freuen die sich hier alle darüber?«

»Das war der erste Spaß von fünfen, Peter! Und wenn du mir vorhin besser zugehört hättest, wüsstest du bereits, dass diese Kabine bis zur Ankunft fünf Stützen passieren muss, die gewährleisten, dass ein erforderlicher Abstand der an dem Förderseil hängenden Gondeln zum darunterliegenden Gelände beibehalten wird. Das Überfahren dieser Stützen ist demnach eine Sicherheitsvorrichtung, wobei das dadurch ausgelöste Schaukeln ein unvermeidbarer Nebeneffekt –«

»Ich hab's begriffen«, würgte Peter den Vortrag in bester Justus-Manier vorzeitig ab. »Dennoch ziehe ich das Surfen auf dem Atlantik eindeutig vor. Da steht man zwar auch nicht auf sicherem Boden, aber dafür ist beim Absturz der Aufprall deutlich weicher!«

Der Erste Detektiv schmunzelte und genoss für den Rest der Fahrt den fantastischen Ausblick, während sich die Kabine Stück um Stück der Unterkunft näherte, von deren Bewohner er sich viele Antworten auf seine Fragen erhoffte …

Knapp fünfzehn Minuten später hatte die Gondel zu Peters Erleichterung ihr Ziel erreicht.

Doch bevor die zwei Detektive sich auf den Weg zur Ranger Station begaben, deren Standort Ben Hustler auf dem Faltplan mit einem Kreuz markiert hatte, warf Justus am Ausgang der Bergstation noch einen prüfenden Blick auf die Tafel der Abfahrtszeiten.

Gleich darauf bemerkte Peter den skeptischen Blick seines Freundes. »Ist was?«

Statt Peter eine Antwort zu geben, deutete Justus stumm auf das Ziffernblatt seiner Armbanduhr.

»Halb sechs.«

»Klug erkannt, Zweiter.«

»Ja und? Was meinst du damit?«

»Auf der Anzeigetafel ist vermerkt, dass die letzte Gondel um sieben Uhr ins Tal zurückfährt. Daraus ergibt sich, dass unser

Gastgeber, dem diese Tatsache bekannt sein sollte, für unser Gespräch nicht gerade viel Zeit eingeplant hat. Wobei noch zu berücksichtigen wäre, dass wir mit Bobs Eintreffen wohl frühestens in dreißig Minuten rechnen dürfen. Und seine Anwesenheit ist ja wohl von durchaus großer Bedeutung.«

Peter winkte gelassen ab. »Selbst wenn Bob erst in einer halben Stunde hinzukommt, steht uns beiden eine ganze Stunde zur Verfügung, um Mr Hustler unsere Fragen zu stellen. Das sollte doch wohl ausreichen, oder?«

Justus zog den Plan aus seiner Tasche, faltete ihn auseinander und deutete auf die Markierung. »In Anbetracht der Tatsache, dass wir für den Fußmarsch zu der Ranger Station auch noch etwa zehn Minuten benötigen, sollten wir keine weitere Zeit mit Reden vergeuden und uns schleunigst auf den Weg machen. Alles andere klären wir direkt vor Ort. Also los!«

Zielstrebig durchquerten die zwei Detektive die Halle der Bergstation und traten hinaus auf das felsige Gelände des Naturschutzparks, der mit unzähligen Tannen bewachsen war. Von der Seilbahnstation führte ein steiler und in engen Schlangenlinien verlaufender Asphaltweg ins abschüssige Waldgelände hinab. Die günstigen Wetterverhältnisse ermöglichten, dass man bei klarster Sicht die höchsten Gipfel der San Bernadino Mountains bestaunen konnte.

Justus schenkte dem imposanten Ausblick jedoch wenig Beachtung. Aufgeregt scheuchte er Peter vor sich her und trieb ihn zur Eile an.

Nach etlichen Serpentinen hatten die beiden etwa die erste Hälfte ihres Weges bewältigt. Justus blieb erschöpft stehen und schnappte keuchend nach Luft.

»Ich hätte nie geglaubt, dass ein Abstieg so anstrengend sein kann … Aber dir scheint diese Tortur nicht das Geringste auszumachen, Zweiter. Auf deiner Stirn befindet sich kein einziger Schweißtropfen! Wie machst du das bloß?«

Peter grinste. »Viel Sport und vor allem eine ausgewogene Ernährung, Just! Statt Hamburgern mal frisches Gemüse, statt Limo mal Wasser. Das wirkt wahre Wunder! Aber das willst du doch in Wahrheit gar nicht hören. Du willst doch nur verschnaufen. Aber daraus wird nichts!« Er blickte sich suchend um. »In welcher Richtung liegt diese Ranger Station?«

Japsend wies der Erste Detektiv nach Südosten. »Da lang …«

»Also keine Müdigkeit vorschützen! Eben hast du noch gedrängelt, jetzt übernehme ich das. So weit kann es ja nicht mehr sein.«

»Sklaventreiber«, entgegnete Justus. Doch er musste sich eingestehen, dass Peter in allen Punkten recht hatte, und folgte schwerfällig seinem vorauseilenden Freund zu Ben Hustlers Unterkunft.

Nach weiteren fünf Minuten Fußmarsch durch das unebene Gelände tauchte ihr Ziel vor ihnen auf. Peter deutete auf eine weiß angestrichene Holzhütte, die auf etwa zwei Meter hohen Pfählen über dem Boden errichtet war. Über eine schmale Treppe gelangte man auf die Veranda, von der aus zwei Eingangstüren in die Hütte führten.

»*Ranger Station*«, las Peter auf einem breiten Schild, das über dem dazwischenliegenden Fenster angebracht war. »Hier ist es. Komm, Erster!« Emsig erklomm er die Stufen und ging geradewegs auf die linke Tür zu. Doch dann blieb er abrupt stehen. »*Geschlossen*, steht hier!«, rief er Justus zu. »*Öffnungs-*

zeiten täglich von 8 bis 16 Uhr. Na toll! Und nirgends ist ein Klingelknopf zu sehen. Was machen wir denn jetzt? Soll ich klopfen?«

Justus entschied sich für eine andere Variante und ging auf die rechte Tür zu. Ein Hinweisschild suchte er hier vergebens. Stattdessen entdeckte er jedoch eine Klingel – ohne Namensangabe. Stumm winkte er Peter heran, nickte ihm kurz zu und drückte dann auf den Knopf.

Gespannt verharrten die beiden auf der Veranda und spitzten die Ohren. Doch außer dem entfernten Schrei eines Adlers, der hoch über den Tannen seine Bahnen zog, war kein Laut zu vernehmen.

»Was hat das zu bedeuten, Just?« Unruhig trat Peter von einem Bein aufs andere. »Glaubst du, dass Mr Hustler uns vielleicht vergessen hat? Wenn das der Fall wäre, kann der sich aber auf etwas gefasst machen! Wir haben doch nicht die ganzen Strapazen auf uns genommen, nur um –«

»Still, Zweiter!«

Hinter der Tür näherten sich knarrende Schritte. Dann rumorte es im Schloss und die Tür wurde geöffnet.

»Guten Abend, Sir!«

Mit einem freundlichen Lächeln begrüßte der Erste Detektiv den Autor, der augenblicklich verstört einen Schritt zurückwich.

»Äh ... Stimmt was nicht?«, fragte Peter verdutzt.

»Nein, nein .... Ich dachte nur ... Wolltet ihr nicht zu dritt kommen?« Mr Hustler schien unter ernormer Anspannung zu stehen, die er mit viel Mühe zu unterdrücken versuchte.

»Kein Grund zur Sorge«, entgegnete der Erste Detektiv.

»Bob musste für seinen Vater noch etwas Dringendes erledigen. Deshalb sind wir zwei schon mal vorausgefahren. Er wird aber bald nachkommen. Das hat er fest zugesagt.«

»Sehr gut!« Der Autor rang sich ein kurzes Lächeln ab. Dennoch verharrte er regungslos im Türrahmen.

»Wollen Sie uns denn nicht hineinbitten?«, fragte Peter ungeduldig. »Oder erhalten wir nur zu dritt Einlass?«

»Wie? Was?« Ben Hustler rückte fahrig seine Brille zurecht. »Aber ja … ich meine, nein, natürlich, doch. Kommt rein.« Er trat einen Schritt zur Seite. »Wir setzen uns am besten in mein Arbeitszimmer.«

Über einen schmalen Flur mit karger Holzvertäfelung führte der Autor die Jungen in einen Raum, der wenig einladend wirkte: Den Fußboden zierte ein vergilbter, mit kleinen Brandflecken übersäter Teppichboden, unzählige präparierte Fuchs- und Bärenköpfe hingen an den Wänden und die wenigen Möbelstücke schienen allesamt von Holzwürmern und Motten befallen zu sein. Letzteres galt vor allem für die durchgesessene und abgewetzte Couch, die Ben Hustler den beiden nun ungeniert zum Sitzen anbot. Nur widerwillig ließen sich Justus und Peter darauf nieder, während sich der Autor hinter seinem Schreibtisch auf einen speckigen Ledersessel setzte und nervös den Deckel seines Laptops zuklappte. Dann faltete er die Hände und blickte seine Besucher verunsichert an. »Also, ihr habt gesagt, es gäbe da etwas zu besprechen …«

»So ist es, Sir«, bestätigte Justus in der Hoffnung, nun endlich die Antworten auf die vielen Fragen zu erhalten, die ihm und seinen beiden Detektivkollegen bereits seit zwei Tagen unter den Nägeln brannten. »Wie ich Ihnen schon gestern

nach Ihrer Lesung in der *Crimebusters*-Buchhandlung mitgeteilt habe, wird Bob Andrews, der dritte Mitarbeiter unseres Teams, seit er in Ihrer Autogrammstunde in Rocky Beach war, von einem äußerst unangenehmen Zeitgenossen namens Loomy bedroht. Dieser Mensch behauptet von sich, der Mörder zu sein, der Ihnen als Vorlage für Ihr Buch gedient hat. Anfangs schenkten wir diesen abstrusen Äußerungen keine größere Beachtung und taten seine Anrufe, die er unter Zuhilfenahme eines Sprachverzerrers tätigt, lediglich als harmlose Spinnerei ab. Dennoch stellten wir Nachforschungen an, da wir wissen wollten, welche Beweggründe diesen Mann dazu veranlasst haben könnten, *überhaupt* mit Bob in Kontakt zu treten.« Der Erste Detektiv machte eine kurze Pause. »Die Antwort auf diese Frage lieferte uns in erster Linie *Ihr* Buch, Mr Hustler!«
Durch das Gesicht des Autors fuhr ein heftiges Zucken.
»Erschreckt Sie das, Sir?«, fragte Peter provozierend.
»Dürfte ich vorher mehr Details erfahren, bevor ich mich näher dazu äußere?«
Justus ließ sich nicht lange bitten. In allen Einzelheiten schilderte er, was Bob seit seinem Besuch bei *Booksmith* widerfahren war. Der Autor lauschte den Worten mit größtem Interesse, rückte dabei ständig seine Brille zurecht und wurde zusehends nervöser. Dieser Zustand verstärkte sich noch, als der Erste Detektiv ihm von den Ergebnissen der Videoaufzeichnungen berichtete. Und als Justus sein Handy hervorzog und ihm den Screenshot der Videoaufnahme zeigte, auf dem zu sehen war, wie der Mann Bob und Mr Hustler heimlich filmte, verlor er vollends die Fassung.

Ben Hustler schnappte nach Luft, warf einen kurzen Blick auf das Foto, sah dann zu Justus, blickte erneut aufs Foto, nahm seine Brille von der Nase und drehte sie zwischen seinen Fingern. »Wegen der dunklen Sonnenbrille und des Hutes ist von dem Gesicht ja nicht viel zu erkennen. Ist das der Mann, um den es geht?«

Der Erste Detektiv entschied sich für den direkten Weg. »Ich bin der Auffassung, dass Sie uns am ehesten diese Frage beantworten können, Sir!«

»Wie darf ich das verstehen?«

Justus schaute dem Autor in die Augen. »Handelt es sich bei der Person auf diesem Screenshot um Loomy, den gesuchten Mörder aus Ihrem neuen Roman *Höhenangst*, oder nicht?«

Schweigepflicht

Ben Hustler reagierte auf Justus' Frage sehr gereizt: »Woher soll *ich* das wissen? Ich habe diesen Mann noch nie gesehen!«

»Diesen Mann auf dem Foto oder den Loomy aus Ihrem Roman?«, konkretisierte Justus.

»Ich habe nicht den blassesten Schimmer, worauf du eigentlich hinauswillst, Junge!« Impulsiv sprang der Autor von seinem Sessel auf und schnappte aufgeregt nach Luft.

»Bitte bleiben Sie ruhig, Sir«, versuchte Justus ihn zu besänftigen. »Uns geht es lediglich darum, von Ihnen zu erfahren, ob es sich bei dem Mörder in Ihrem Roman um eine Person aus dem realen Leben handelt oder ob er einzig und allein ein Produkt Ihrer Fantasie ist! Laut aller Verlags- und Presseangaben feiert man Sie zwar als ›König des Realitythrillers‹, als Autor, dessen Werke sich ausschließlich auf reale Mordfälle beziehen. Doch bei *Höhenangst* verhält es sich möglicherweise anders. Niemand hat bisher auch nur das Geringste in Erfahrung bringen können, auf welchem tatsächlichen Geschehen ihr neuestes Buch basieren könnte. Nirgendwo ist eine Parallele zu einem tatsächlich stattgefundenen Vorfall zu erkennen. Mit *einer* Ausnahme!«

Ben Hustler gab sich unwissend. »Ach ja?«

»Und genau aus diesem Grund«, fuhr Justus fort, »haben Sie sich am gestrigen Nachmittag bei *Crimebusters* trotz Ihrer anfänglichen Ablehnung dazu entschlossen, uns in Ihrem privaten Arbeitsdomizil zu empfangen!«

Peter horchte verwundert auf. »Wie meinst du das, Just?«

»Nach meiner gestrigen Androhung, notfalls auch die Polizei hinzuzuziehen, hat mich Mr Hustlers Agent zunächst unmissverständlich dazu aufgefordert, den Buchladen augenblicklich zu verlassen, Zweiter. Anscheinend hielt er mich für einen unzurechnungsfähigen Fan, der seinem Idol aufdringlich zu Leibe rücken wollte. Um das Ruder noch herumzureißen, blieben mir daher nur wenige Sekunden. Ich musste Ben Hustler irgendwie von der Notwendigkeit eines gemeinsamen Gespräches überzeugen. Ich hatte dann die Eingebung, im wahrsten Sinne des Wortes alles auf eine Karte zu setzen und ihm unsere Visitenkarte auszuhändigen.«

»Was hast du dir davon versprochen?«

»Ich hegte die vage Hoffnung, dass es beim Lesen des Namens Bob Andrews bei unserem Autor klingeln würde, wenn ich es mal so salopp ausdrücken darf«, sagte Justus forsch. »Und dank seiner bemerkenswerten Fähigkeit, logische Zusammenhänge äußerst schnell zu erkennen, ging meine Rechnung auf: Der Agent holte mich zurück und teilte mir mit, dass Ben Hustler nun doch zu einem Gespräch bereit sei.«

»Aufgrund von Bobs Namen auf unserer Visitenkarte?« Peters Gesicht war ein einziges Fragezeichen. »Das verstehe ich nicht.«

»Wollen *Sie* es ihm erklären?«, wandte sich Justus fragend an den Autor.

»Jetzt, wo du so in Fahrt bist, überlasse ich dir weiterhin gern den Vortritt. Nur zu!«

»Einen Tag zuvor sind sich Ben Hustler und Bob bei *Booksmith* zum ersten Mal in ihrem Leben begegnet. Unser Dritter ließ sich von ihm sein Buch *Höhenangst* signieren. Mit den

Worten ›Für Bob Andrews, meinen größten Fan!‹. Außerdem ergab sich ein kurzes Gespräch. Ich gehe davon aus, Sir, dass Ihnen dabei auffiel, wie genau Ihre Beschreibung des jugendlichen Zeugen Harry in Ihrem Buch mit der Erscheinung unseres Freundes Bob Andrews übereinstimmt. Wobei ich allerdings noch immer nicht ganz nachvollziehen kann, weshalb Sie und auch der Mann, der Bob nachstellt, dieser Auffassung sind, da die äußere Erscheinung von Harry auch genauso gut auf tausend andere Jugendliche zutreffen könnte. Als ich Ihnen dann gestern in Kurzform erklärte, dass ein ominöser Anrufer, der sich als der reale Mörder Ihrer Geschichte ausgab, meinen Freund bedrohte und glaubte, Bob aufgrund der Beschreibung in Ihrem Roman als den realen Mordzeugen erkannt zu haben, begann es in Ihrem Kopf zu arbeiten. Als Sie kurz darauf dann noch den Namen ›Bob Andrews‹ auf der Karte sahen, erkannten Sie die Zusammenhänge in Gänze und wussten, dass da irgendetwas Arges im Gange ist. Etwas, was Sie äußerst beunruhigt, Mr Hustler! Und deshalb stimmten Sie doch noch einer Unterredung zu, um weitere Informationen von uns zu erhalten. Doch nun sind *wir* am Zug, Sir! Würden Sie uns daher bitte die Güte erweisen, uns reinen Wein einzuschenken und *unsere* Fragen zu beantworten?«
Peter warf einen skeptischen Blick auf seine Armbanduhr. »Viel Zeit bleibt uns dafür nicht mehr, Just. Die letzte Seilbahn zurück ins Tal fährt in einer halben Stunde und draußen wird es bereits dunkel!« Er stutzte. »Merkwürdig, dass Bob noch nicht hier ist …«
»Das müssen wir jetzt so hinnehmen«, kommentierte Justus beiläufig. »Obwohl …«

»Obwohl *was*, Erster?«
Justus blickte auf das Handy in seiner Hand und aktivierte kurz entschlossen die Rufverbindung zu Bob.
Sekunden verstrichen ...
»Und?«
»Nichts, Zweiter. *Der Teilnehmer ist derzeit nicht erreichbar.*«
Missmutig ließ der Erste Detektiv das Handy sinken. »Das verstehe ich nicht! Er war doch so erpicht darauf hierherzukommen. Aber gut, die Zeit läuft uns davon. Nun, Sir?«
»Also schön.« Ben Hustler schluckte. »Was genau wollt ihr wissen?«
»Wer verbirgt sich im wahren Leben hinter Ihrer Romangestalt Loomy, dem psychopathischen Mörder mit dem metallenen Hinterkopf?«
Der Autor konnte Justus' bohrendem Blick nicht lange standhalten. Er wandte den Kopf zur Seite und starrte zu Boden. »Das *kann* ... und *darf* ich euch nicht sagen. Strengstes Verlagsgeheimnis.«
»Was?«, brauste Peter energisch auf. »Soll das ein Witz sein? Glauben Sie etwa, wir wären zum Spaß hier hochgekommen? Sie sollten uns nicht länger –«
»So versteht mich doch, Jungs!«, fuhr Ben Hustler aufgeregt dazwischen. »Der Verlag hat mit mir knallharte Verträge abgeschlossen, die mich an meine Schweigepflicht binden! Wenn ich die breche, muss ich mit horrenden Konventionalstrafen rechnen, die aufgrund meines Erfolges in die Millionen gehen könnten! Und außerdem hat mein Verlag –«
»Verlag, Verlag, Verlag!«, platzte Peter nun endgültig der Kragen. »Offen gestanden interessiert mich Ihr Verlag nicht im

Geringsten. Aus völlig abstrusen Gründen wird unser Freund von einem wahnsinnigen Typen bedroht, der sich als Loomy ausgibt, der Mörder aus Ihrem Roman, Mr Hustler! Und da Sie dämlicherweise den einzigen Zeugen in Ihrer Geschichte genauso beschrieben haben wie Bob, haben wir jetzt ein ernstes Problem!«

»Hör bitte auf, so herumzuschreien«, rief ihn Ben Hustler mit kräftiger Stimme zur Vernunft. »Das nützt schließlich niemandem von uns, eurem Freund am wenigsten!«

Peter bekam sich aber nur schwer in den Griff. Sein Atem ging stoßweise. »Dann reden Sie endlich! Oder sollen wir doch die Polizei rufen?«

»Also schön«, gab sich der Autor geschlagen. »Wenn ihr mir versprecht, absolutes Stillschweigen zu bewahren, werde ich alle Regeln außer Acht lassen und eure Frage beantworten. Kann ich mich auf eure Diskretion verlassen?«

»Ich wusste, dass Sie einlenken würden«, entgegnete der Erste Detektiv großspurig. »Haben Sie ernsthaft geglaubt, Sie bekämen Informationen von uns, ohne selbst eine Gegenleistung zu erbringen? Tut mir leid, Sir, aber so ein einseitiger Handel ist mit den drei ??? nicht zu machen!«

»Schon gut, schon gut, ich hab es ja begriffen«, lenkte Ben Hustler reumütig ein. »Dennoch kann ich euch zumindest in *einem* Punkt Entwarnung geben.«

»Der da wäre?«, horchte Peter argwöhnisch auf.

»Loomy, der Mörder aus meiner Geschichte, hat im realen Leben –«

RRRINNNNNG! Das schrille Läuten der Türklingel ließ Ben Hustler erschreckt zusammenfahren. Schlagartig hielt er inne.

»Das wird Bob sein«, mutmaßte Peter. »Soll ich öffnen?«
Der Autor winkte hektisch ab. »Ich geh schon. Bleibt ruhig sitzen!«
Die zwei Detektive erhoben sich dennoch und folgten ihrem Gastgeber zur Haustür.
»Bob!«, rief Peter erleichtert, als Ben Hustler die Tür öffnete und der dritte Detektiv eintrat. »Wir haben kaum noch mit dir gerechnet. Schön, dass es doch geklappt hat!« Als er näher trat, um ihm zur Begrüßung auf die Schulter zu klopfen, erstarrte er mitten in der Bewegung. Bobs bleiches Gesicht und der panische Ausdruck in seinen Augen ließen das Schlimmste befürchten.
Im selben Moment trat hinter ihm aus dem Dunkeln eine weitere Gestalt in Erscheinung und schubste den dritten Detektiv unsanft in die Hütte. »Los, rein da! Und ja keine Tricks!«
Ben Hustler wich entsetzt zur Seite, während die zweite Gestalt nun ebenfalls durch die Tür trat. Schwungvoll ließ sie die Tür hinter sich ins Schloss fallen und bedrohte die entsetzten Anwesenden mit einem Revolver.

Pling!

»Bob! Bist du okay?«

Besorgt trat Justus auf seinen Freund zu, während Peter den unerwünschten Gast im trüben Licht der Flurbeleuchtung musterte. Überrascht wich er zurück. Die Frau im schwarzen Lackmantel mit der kupferroten Lockenpracht rief in ihm seltsame Erinnerungen wach, die er aber nicht gleich einzuordnen wusste. »Moment mal ... Sie kenne ich doch! Wir haben uns schon mal irgendwo gesehen ...«

»Halt dein Maul!«, schnauzte sie in ordinärem Tonfall und richtete die Pistole auf ihn. »Und jetzt vorwärts! Alle ins Arbeitszimmer! Auch du, Dicker! Los doch!«

Angesichts der gefährlichen Schusswaffe wagte keiner der vier, sich der harschen Aufforderung zu widersetzen. Wie Vieh wurden sie von der Frau in das Arbeitszimmer getrieben und dort dazu gezwungen, sich nebeneinander auf die marode Couch neben Ben Hustlers Schreibtisch zu quetschen.

In Justus' Hirn begann es fieberhaft zu arbeiten. Weshalb war die Frau so gut über die Räumlichkeiten dieser Hütte informiert? Was hatte sie vor? Und wie war es ihr gelungen, Bob in ihre Gewalt zu bringen?

»Sie und ihr Komplize haben mich heute Nachmittag auf dem Weg zur Zentrale abgefangen und zu sich ins Auto gezerrt«, meldete sich nun erstmals Bob zu Wort, als hätte er Justus' Gedanken erraten. »Sie haben mich genötigt, euch anzurufen und die Geschichte von dem Spezialauftrag meines Vaters zu erzählen. Dabei hat sie mir die ganze Zeit die Pistole an die

Schläfe gehalten, sodass ich nicht in der Lage war, euch einen geheimen Hinweis zu geben.«

»Verstehe«, murmelte Justus vor sich hin und hielt dabei die Frau genauestens im Blick.

»Dann haben die beiden mich ziemlich heftig in die Zange genommen, damit ich ›die Beweise herausrücke‹«, redete Bob fahrig weiter.

»Beweise?« Den Ersten Detektiv beschlich eine üble Vorahnung. »Welcher Art?«

Bob wies auf die Revolverfrau. »Das musst du sie schon selbst fragen, Erster! Ich hab auf die gleiche Frage eine saftige Ohrfeige von ihr kassiert. Irgendwann haben die beiden aber begriffen, dass ich tatsächlich keine Ahnung hatte, was sie von mir wollten. Daraufhin wechselten sie ihre Strategie und entschieden sich für Plan B!«

»Gemeinsam mit dir hierher zur Ranger Station zu fahren, richtig?«

Bob nickte. »Genau, Just! Die beiden wussten, dass wir hier oben mit Mr Hustler verabredet waren. Weiß der Geier, woher sie diese Information hatten. Von mir jedenfalls nicht.«

Nach diesen Worten wandten die drei Detektive gleichzeitig den Kopf und bedachten Ben Hustler mit eindeutig misstrauischen Blicken.

Der Autor wusste diese Geste genauestens zu deuten. »Ich habe mir nicht das Geringste zuschulden kommen lassen«, setzte er vehement zur eigenen Verteidigung an, »und auch mit niemandem über unser Treffen gesprochen! Ich habe diesem ... diesem Frauenzimmer keine Information zukommen lassen!«

»Das stimmt leider nicht ganz, Sir«, entgegnete Peter zur Verwunderung aller. »Ich glaube, dass Sie eine entscheidende Tatsache nicht in Betracht ziehen: Ich weiß jetzt nämlich, woher ich diese Frau kenne!« Er wies mit dem Kopf auf die Person ihnen gegenüber.
»Ach ja?« Interessiert trat diese einen Schritt näher. »Ich finde eure Unterhaltung recht aufschlussreich!«
Der Zweite Detektiv sah sie durchdringend an. »Ihre Maskerade ist gut! Aber wenn Sie schon als Verkleidungskünstlerin auftreten, sollten Sie auch auf die *nebensächlichen* Accessoires achten, beispielsweise auf den silbernen Armreifen mit dem kleinen Herzchenanhänger an Ihrem linken Handgelenk. Den trugen Sie nämlich gestern schon, als Sie als Blondine verkleidet bei Ben Hustlers Lesung anwesend waren!«
Der Autor wurde bleich.
»Und dort haben Sie uns nach der Signierstunde belauscht und somit erfahren, dass wir uns hier in der Ranger Station verabredet haben!«
Wie in Zeitlupe erhob sich Ben Hustler von der Couch und verharrte dann regungslos im Raum. »Du warst gestern …? Ich meine …«
»*Du*?« Bob glaubte, sich verhört zu haben. »Was soll das heißen? Kennen Sie beide sich etwa?«
Doch dem Autor blieb keine Gelegenheit, auf diese Frage zu reagieren.
»Schluss jetzt!« Die Augen der Frau verengten sich zu schmalen Schlitzen. »Komm her, Dicker!«
»Äh, meinen Sie etwa mich?«, entgegnete der Erste Detektiv pikiert.

»Stell dich nicht dümmer, als du bist! Los, herkommen!«
Justus zögerte, doch um die angespannte Lage nicht eskalieren zu lassen, beugte er sich ihrem Willen.
»Stell dich dort in die Ecke. Nun mach schon!«
Den zwei anderen Detektiven und Ben Hustler trat der kalte Schweiß auf die Stirn, während Justus, zumindest dem Anschein nach, vollkommen ruhig blieb. Das änderte sich selbst dann nicht, als die Frau aus der Tasche ihres Lackmantels einen Schalldämpfer hervorzog und diesen auf den Lauf des Revolvers steckte.
»Nur zur Erklärung: Falls sich in dieser gottverlassenen Gegend da draußen wider Erwarten doch noch jemand aufhalten sollte, werden wir denjenigen nicht unnötig auf uns aufmerksam machen.« Sie lächelte kalt. »Dies nur als kleine Vorsichtsmaßnahme, falls ihr nicht mit mir kooperieren solltet!«
In Gedanken sah Peter bereits das Schlimmste auf sich und seine beiden Freunde zukommen. »Was wollen Sie denn nur von uns? Was soll das alles?«
Zu allem entschlossen zielte sie mit der Waffe auf Justus. »Ich verlange augenblicklich die Beweise! Und wenn sie euer kleiner Freund nicht hat, wird sie mir jetzt der hochgeschätzte Starautor persönlich ohne Widerrede aushändigen. Ansonsten kann ich, was den Dicken da betrifft, für nichts mehr garantieren!«
Ben Hustler hatte größte Mühe, sich aus seiner Schockstarre zu lösen. »Lass die Jungen aus dem Spiel«, flehte er die Frau an. »Sie haben nicht das Geringste mit der Sache zu tun, das musst du mir glauben!«
»Du Lügner«, erwiderte sie mit größter Verachtung. »Un-

schuldig, meinst du, ja? Ich bin bestens darüber im Bilde, dass die drei Halbstarken Detektive sind und dazu noch einen direkten Draht zu den Bullen haben! Und dieser Bob Andrews steckt ganz wesentlich in der Sache mit drin, sonst hättest du ihn in deinem Machwerk niemals erwähnt!«

»Nein! Du irrst dich! In allem!«, sagte Ben Hustler eindringlich. »Das basiert alles auf einem unglücklichen Zufall, der dadurch zustande kam, dass –«

»Ein unglücklicher Zufall, jaja!« Sie lachte kurz auf. »Für *mich* war es ein *glücklicher* Zufall, dass Bob Andrews bei deiner Lesung in Rocky Beach zugegen war. Ziemlich fahrlässig, wenn du mich fragst. So eindeutig, wie du ihn in deinem Buch beschrieben hast!«

»Der Leberfleck ...« Fassungslos blickte Justus auf Bobs linkes Handgelenk.

Peter stutzte. »Wovon sprichst du, Erster?«

»*Der Leberfleck an seinem linken Handgelenk begann zu jucken*«, zitierte Justus die Textstelle aus Ben Hustlers Lesung und wandte sich dem Autor zu. »Das schreiben Sie über den Zeugen, der panisch darauf wartet, dass der Mörder ihn findet. Ich habe vorhin erwähnt, dass für mich bislang kein ersichtlicher Zusammenhang zwischen Bob und Harry, der Figur aus Ihrem Roman, bestünde. Doch nun erinnere ich mich an Ihre Erwähnung von Harrys Leberfleck«, er deutete auf Bobs Handgelenk, »und sehe, dass Bob auch so ein kleines Muttermal am Handgelenk hat.«

»Was? Das ganze Theater wegen dem kleinen Ding?«, rief Peter.

»Aber Loomy beziehungsweise sein Komplize, und ich vermute, auch Sie, Mr Hustler, haben es bemerkt, und beide zogen daraus ihre unterschiedlichen Rückschlüsse. Sie, Sir, werden sich wahrscheinlich nur gewundert haben, dass vor Ihnen plötzlich ein Junge stand, dessen Aussehen eine große Ähnlichkeit mit der Person hatte, die eigentlich nur Ihrer Fantasie entsprungen war, und der auch noch einen Leberfleck an derselben Stelle hatte. Loomy aber war sich sicher, dass es *kein* Zufall war. Er ging davon aus, dass es sich bei Harry um keine fiktive, sondern um eine reale Person handelt. Doch diesen Zeugen hat es in Wahrheit nie gegeben! So ist es doch, Mr Hustler, oder?« Der Erste Detektiv blickte dem Autor in die Augen, bekam aber keine Antwort.

»Du bist ein schlechter Schauspieler, Fettsack!«, fuhr die Frau dazwischen. »Ich kaufe euch dieses Schmierentheater nicht ab und weiß, dass dieser Zeuge echt ist.« Anklagend wies sie auf Bob. »Als dieser Junge bei *Booksmith* auftauchte, war sofort klar, dass *er* es ist, der dir, Ben, den entscheidenden Hinweis und die Beweise geliefert hat. Und die will ich jetzt haben. Gib Sie mir! Sofort!«

»Bob Andrews hat *gar* nichts gesehen!«, rief der Autor aufgebracht.

»Ich glaube dir kein einziges Wort!«, fauchte sie ihn an. »Ich zähle jetzt bis drei, und wenn du mir bis dahin nicht verraten hast, wo die Beweise versteckt sind, ist es aus mit dem Dicken!« Sie legte den Finger an den Abzug und zielte mit der Waffe auf Justus. »Eins ...«

Peter schlug das Herz bis zum Hals. Warum sagte der Autor denn nichts? Irgendetwas ... um die Revolverfrau davon abzuhalten, ihre schreckliche Drohung wahr zu machen.

Er sah sich hektisch im Raum um. Nirgends fand sich ein Gegenstand, der sich als Waffe eignete. Doch dann entdeckte er neben sich den Laptop auf Ben Hustlers Schreibtisch. Er musste es wagen, zumal ihm die Schützin den Rücken zuwandte.
»Zwei ...«
Der Autor griff noch immer nicht ein.
Peter handelte blitzschnell: Er riss den Laptop an sich, sprang mit einem Satz auf die Frau zu und ließ Ben Hustlers Schreibgerät mit voller Wucht auf ihren Hinterkopf niedersausen.
PLING!!!
Trotz der enormen Wucht des Aufpralls verfehlte der Schlag seine Wirkung. Die Frau sackte nicht wie erwartet zu Boden, sondern fuhr erbost herum. Dabei verfing sich der Knopf von Peters Jackenärmel in ihrem Haar – und riss ihr die Perücke vom Kopf!
Mit hasserfülltem Blick richtete sie den Revolver auf den Zweiten Detektiv. »Das wirst du mir büßen ...«
Peter wich wie paralysiert einen Schritt zurück. Jedoch nicht aus Angst vor der tödlichen Waffe. Der Anblick des kahlen Schädels der Revolverfrau ließ ihn erstarren. Ihr gesamter Hinterkopf war von einer silbrig glänzenden Metallschicht überzogen!

Enttarnt

»Loomy …« Der Zweite Detektiv erstarrte wie zur Salzsäule. »*Sie* sind Loomy, der gesuchte Mörder!«

Die Frau reagierte auf Peters Feststellung mit einem teuflischen Grinsen. »Ja … ich bin ›Loomy‹. Und ich sage euch, wann ihr Angst haben müsst: *Jetzt* … jetzt ist der Zeitpunkt gekommen!«

»Was haben Sie vor? Wollen Sie uns alle umbringen?« Peter war einer Ohnmacht nahe.

»Ich ziehe arg in Zweifel, dass Mrs Loomy, oder wie die werte Dame auch tatsächlich heißen mag, im wahren Leben jemals einen Menschen umgebracht hat, Zweiter. Zumindest nicht im herkömmlichen Sinne!« Selbstbewusst trat Justus aus der Ecke hervor und gesellte sich zu seinem Freund. »Und daher können Sie Ihre Waffe getrost sinken lassen, Madam. *Ich* zumindest habe keine Angst vor Ihnen und daher schlage ich vor, dass wir uns jetzt alle wie erwachsene Menschen zusammensetzen, um die ganze Angelegenheit in Ruhe zu klären.«

Sie blickte Justus misstrauisch an. »Sieh mal einer an, dann bist zumindest *du* wohl über die wahren Hintergründe informiert, wie?«

»Wenn Sie die Güte hätten, die Pistole wieder einzustecken, wäre ich bereit, mich über alles offen zu äußern«, bot Justus ihr den Handel an, während Peter vor Überraschung der Mund offen stehen blieb.

»Das hättest du wohl gern«, entgegnete sie scharf. »Damit mir dein Freund noch mal eins von hinten überbraten kann, was? Eigentlich hätte ich ihm dafür als passende Antwort ins Knie schießen müssen! Tut mir leid, aus dem Deal wird nichts. Die Waffe bleibt da, wo sie ist: in meinen sicheren Händen!«

»*Ihre* Entscheidung«, entgegnete der Erste Detektiv. »Dennoch bin ich der Auffassung, dass es einiges aufzuklären gilt.« Ehe er fortfuhr, warf er dem Autor einen kurzen Blick zu. »Es ist allzu offensichtlich, dass Sie, Sir, und diese Dame einander näher kennen. Zwar habe ich Ihr neues Buch noch nicht gelesen, doch aufgrund der Vorfälle, die sich seit der Veröffentlichung Ihres Romans ereignet haben, liegt die Vermutung sehr nahe, dass der Inhalt, vor allem *zwischen* den Zeilen, durchaus brisant ist. Wie sonst ließe sich erklären, dass diese Frau und ihr ominöser Komplize alles daransetzen, um in den Besitz jener Beweise zu gelangen, von deren Existenz in Ihrer Story die Rede ist?«

Ben Hustler sagte noch immer kein Wort. Ausdruckslos blickten seine Augen ins Leere, während die Revolverfrau mit den Fingern nervös über den Lauf ihrer Schusswaffe strich.

»Was hat diese Dame Ihnen im wahren Leben angetan, Mr Hustler, dass Sie sich dazu getrieben fühlten, sie in *Höhenangst* als den unberechenbaren Frauenmörder Loomy darzustellen?«, formulierte der Erste Detektiv die entscheidende Frage. Der Autor spielte nervös mit seinen Händen und atmete schwer. »Ich ... *kann* es euch nicht sagen«, brachte er schließlich hervor. »Wenn ich rede, bin ich für immer geliefert!«

»Wie sieht es dann mit *Ihnen* aus, Madam?«, wandte sich Justus an die Frau. »Sie müssten ja ebenfalls darüber im Bilde sein, weshalb Ihnen in dem Roman die Hauptrolle zugedacht wurde. Wären *Sie* vielleicht so gütig, uns –«

»Klappe!«, rief diese in harschem Befehlston. »Da euch anscheinend auf die sanfte Tour nicht beizukommen ist, werden die Maßnahmen jetzt verschärft.« Mit dem Lauf ihres Revolvers zielte sie auf die Anwesenden. »Rückt eure Handys raus und legt sie dort auf den Schreibtisch! Nun macht schon!«
Widerwillig folgten die drei Detektive und Mr Hustler der Forderung. Dann ließ die Frau die Mobiltelefone in ihrer Handtasche verschwinden und streckte anschließend dem Autor ungeduldig die Hand entgegen. »Und du rückst ohne Widerrede deine Wagen- und Wohnungsschlüssel heraus!«
Ben Hustler zögerte.
»Los doch, worauf wartest du noch?«
Der Autor war der Verzweiflung nahe und schien bereits zu ahnen, was die Frau plante. Dennoch war jede Gegenwehr sinnlos. Er griff in seine Hosentasche und zog daraus das Schlüsselbund hervor.
Gierig grabschte sie danach. »Und *du* gibst mir jetzt endlich meine Perücke zurück!«
Damit war Peter gemeint, der das rötliche Kunsthaar noch immer wie einen Skalp in seiner Hand hielt. Voller Verachtung warf er es ihr zu. Sie fing es auf und drapierte die Zweitfrisur notdürftig auf ihrem nackten Schädel. Dann tippte sie einige Mal auf das Display ihres Handys und hielt sich anschließend einen Stimmverzerrer an den Mund. Nach wenigen Sekunden schien sich der Teilnehmer am anderen Ende der Leitung zu melden. »Wie erwartet!«, zischte sie in das Gerät. »Unsere Vögel weigern sich zu singen. Bist du bereit, Ihnen die Flügel zu stutzen?« Nach einer kurzen Pause nickte sie befriedigt. »Gut. Dann führe ich die Brut jetzt zu ihrem Käfig. Over.«

Ben Hustler war nicht mehr Herr über sich. Er brachte keinen einzigen Ton über seine Lippen und zitterte erbärmlich am ganzen Körper.

»Los jetzt!« Mit einem überlegenen Lächeln drängte die Revolverfrau die vier aus der Ranger Station hinaus in die Dunkelheit, die inzwischen draußen hereingebrochen war, und trieb ihre Geiseln über die unebenen Wanderpfade des verlassenen Naturschutzgebiets in Richtung Seilbahnstation.

Justus zermarterte sich während des beschwerlichen Aufstiegs das Hirn. Es war ihnen unmöglich zu fliehen und ebenso unmöglich, die Frau zu überwältigen, da sie den Finger unentwegt am Abzug ihrer Waffe ließ.

Nach einer Viertelstunde war das Ziel erreicht. Verlassen und unbeleuchtet machte das verglaste Gebäude der Bergstation auf die drei Detektive einen bedrohlichen Eindruck und es wirkte inmitten der schroffen Felsen wie die Kulisse aus einem veralteten Science-Fiction-Film.

»Da lang!«, herrschte die Revolverfrau sie an und scheuchte sie über einen schmalen Schotterweg dicht am Gebäude entlang zur Ankunfts- und Abfahrtsplattform der Seilbahn.

»Was soll das? Was hat das zu bedeuten?« Als Ben Hustler im diffusen Licht des Mondes die Transportkabine erblickte, blieb er abrupt stehen. »Weshalb hast du uns hierhergeführt?«

»Kannst du es dir nicht denken?«, entgegnete sie höhnisch und deutete auf die geöffnete Schiebetür. »Rein da! Und zwar alle!«

Der Autor wich entsetzt zurück. »Niemals setze ich da auch nur einen Fuß rein! Niemals!«

»Sag niemals nie, Ben!«, ließ sich die Frau nicht aus der Ruhe bringen. »Du hast zur Genüge die Chance gehabt, dir die folgende Tortur zu ersparen. Doch dafür ist es nun zu spät!«

»Milton Foster …« Bob spürte eine innere Hitze in sich aufsteigen und mit einem Mal kam ihm die Erkenntnis. »Das sind *Sie*, Mr Hustler! Milton Foster, die Person aus Ihrem eigenen Roman, dessen Mutter in der Geschichte von Loomy ermordet wurde.«

Peter verstand kein Wort. »Milton Foster ist *wer*?«

»Die *eigentliche* Hauptfigur aus *Höhenangst*, Zweiter!«, sprudelte es nun aus Bob heraus. »In Ben Hustlers Thriller findet Milton Foster mithilfe des Zeugen heraus, wo Loomy sich nach dem Mord versteckt hält. Loomy wiederum weiß aber, dass Milton unter Höhenangst leidet, und somit kommt es beim Showdown zwischen den beiden zu einem erbitterten Kampf auf dem Dach eines Wolkenkratzers!«

»Ich gehe da nicht rein«, weigerte sich der Autor, der Panik nahe. »Um keinen Preis der Welt betrete ich diese Kabine!«

»Oh doch!« Ohne mit der Wimper zu zucken, richtete die Frau den Lauf ihres Revolvers in Augenhöhe auf Ben Hustler und drückte kurz entschlossen auf den Abzug!

Höhenangst

Mit einem gedämpften PAFF! schoss die Kugel direkt an Ben Hustlers linkem Ohr vorbei in einen dahinter stehenden Schaukasten, dessen Glas in tausend Scherben zerplatzte.
Dem Autor stockte der Atem und es dauerte einige Sekunden, bis er und auch die drei Detektive kapiert hatten, wozu die Revolverfrau fähig und bereit war.
»Und jetzt einsteigen oder die nächste Kugel trifft ins Ziel!«
Peter reichte diese Demonstration. Er zog Ben Hustler mit sich zur Kabine. »Kommen Sie, Sir. Bevor diese Wahnsinnige noch völlig durchdreht und uns alle umbringt, sollten wir besser vernünftig sein.«
Nur mit Mühe und unter Einsatz von Körperkraft gelang es den drei Detektiven schließlich, den Autor dazu zu bringen, sich mit ihnen in die Kabine zu begeben. Die Frau stieg nicht mit ein. Sie blieb draußen, zog ihr Handy hervor und kontaktierte ihren Komplizen. Kurz darauf schloss sich wie von Geisterhand die Schiebetür. Es folgte ein kurzer Ruck, dann setzte sich die Kabine in Bewegung und glitt mit sanften Bewegungen hinab in Richtung Talstation.
Ben Hustler sank auf die Sitzbank und presste von Panik ergriffen die Hand vor seine Augen.
»Ich werde sterben, Jungs ... Das ist kein Witz! Dieses Teufelsweib weiß von meiner Angststörung. Sie setzt wirklich alles daran, um an die Beweise zu kommen.«
»Das schaffen Sie schon, Mr Hustler«, versuchte Peter den Schriftsteller zu beruhigen. »Ich muss ja zugeben, dass solche

Fahrten auch bei mir ein ziemlich mulmiges Gefühl verursachen, aber an so einer kleinen Schaukelei ist noch niemand gestorben.«

»Höhenangst, oder auch Akrophobie genannt, sollte man keinesfalls so einfach abtun, Zweiter«, belehrte Justus seinen Freund. »Menschen, die darunter leiden, haben eine unangemessen starke Panik vor Höhe. Selbst in Situationen, in denen keine oder nur eine geringe objektive Gefahr besteht –«

»Just!«, zischte Bob ihm leise zu und stieß ihn dabei unauffällig in die Seite. »Würdest du bitte den Mund halten? Wir sollten Ben Hustler jetzt besser ablenken, anstatt ihn mit deinem Fachwissen noch völlig verrückt zu machen!«

Der Erste Detektiv sah ihn leicht beleidigt an. »Ablenken? Genau das war mein Ziel, aber wenn du meinst, dass mein Vorgehen dafür ungeeignet ist, übernimm du das doch bitte.«

In diesem Moment fuhr durch die Kabine ein kurzer Ruck. Sie stoppte und begann hin- und herzuschaukeln.

Der Autor schrie laut auf. »Was ist das? Was in drei Teufels Namen geht da vor sich?« Er fasste sich mit schmerzverzerrtem Gesicht an die Brust. »Jetzt ist es aus mit uns! Wir werden alle abstürzen!«

Bob setzte sich neben ihn und redete ihm gut zu. »Ruhig, Mr Hustler ... ganz ruhig. Hier drinnen kann Ihnen nicht das Geringste geschehen. Und außerdem –«

Ein lautes Piepen aus der Gegensprechanlage ließ den dritten Detektiv überrascht verstummen. Es rauschte. Dann meldete sich die elektronisch verzerrte Stimme.

»Na, wie gefällt euch das da oben? Eine ziemlich schaukelige Angelegenheit, nicht wahr? Hört jetzt gut zu: Wir fordern die

Beweise und geben keine Ruhe, bis wir sie haben. Hustler muss uns das Versteck verraten. Sonst wird es ihm schlecht ergehen. Eine weitere Kostprobe gefällig?«

Wieder fuhr ein kurzer Ruck durch die Kabine. Sie setzte sich in Bewegung, stoppte jedoch nach wenigen Metern und begann erneut zu schaukeln.

Ben Hustler wimmerte und rang keuchend nach Luft.

Dann begann zusätzlich die Bodenplatte sich zu drehen, rotierte um die eigene Achse und versetzte den Autor noch stärker in Panik.

»Aufhören! Ihr verdammten Bestien! Hört endlich auf!«

Aber die Bodenplatte stoppte erst nach mehreren Sekunden. Auch das Schaukeln ließ nach. Zu spät für Ben Hustler. Er hatte sich während der quälenden Tortur auf den Boden geworfen und zuckte wie wild mit den Beinen.

»Hast du genug, Ben?«, verhöhnte ihn die unheimliche Stimme. »Oder benötigst du noch einen Nachschlag?«

Bob kniete sich zu dem Autor und tupfte ihm mit einem Taschentuch den Schweiß von der Stirn, während sich Justus erbost dem Lautsprecher zuwandte.

»Wie lautet Ihr Plan, Sir? Ich gehe davon aus, dass Sie derzeit unten in der Talstation sitzen, den Techniker in Ihre Gewalt gebracht haben und er von Ihnen dazu gezwungen wird, nach Ihren Anweisungen die Kabine zu bewegen, richtig?«

Die Antwort erfolgte prompt. »Klug erfasst, junger Mann. Glückwunsch! Und?«

Justus triumphierte. »Sie und Ihre Komplizin benutzen beide einen Stimmverzerrer, auch wenn Sie miteinander kommunizieren. Sehr clever. Somit stellen Sie sicher, dass, sollte es wider

Erwarten *doch* zu einer Fahndung kommen, im Nachhinein Ihre Stimmen nicht zu identifizieren sind, selbst wenn die Handys abgehört wurden.«

»Wir wollen die Beweise«, ließ die Stimme nicht locker. »Sobald wir sie haben, sind wir verschwunden.«

»Also schön. Einverstanden«, erwiderte Justus, während er dem am Boden kauernden Autor signalisierte, keinen Ton von sich zu geben. »Allerdings haben Sie es gerade mit Ihren Einschüchterungsversuchen ein wenig zu arg getrieben. Ben Hustler liegt auf dem Boden und ist bewusstlos. Geben Sie uns einige Minuten, um ihn einigermaßen wieder auf die Beine zu bringen. Dann werden wir ihn dazu bewegen, Ihnen das Versteck zu verraten.«

»Etwas anderes wird euch auch nicht übrig bleiben«, drang es aus dem Lautsprecher. »Ansonsten wird die Schaukeleinlage wiederholt. Ich gebe euch fünf Minuten.«

Das anschließende Piepen machte deutlich, dass der Komplize die Sprechverbindung zur Kabine unterbrochen hatte.

Der Erste Detektiv atmete erleichtert auf. »Dank meines Bluffs mit Ben Hustler bleiben uns noch fünf Minuten, Kollegen! Fünf Minuten, um zu überlegen, wie wir diesen Verbrechern schnellstmöglich das Handwerk legen können.«

»Sehr witzig, Justus«, lachte Peter gequält auf. »Dürfte ich dich daran erinnern, dass wir uns in über 2500 Meter Höhe in einer Seilbahnkabine befinden, aus der es momentan keinen Fluchtweg gibt?«

»Bitte hört auf, darüber zu reden«, flehte der Autor die Jungen an. »Ihr wisst nicht, was ihr mir damit antut!«

»Aber irgendetwas müssen wir unternehmen«, schloss sich

Bob Justus' Worten an. »Wer weiß, was diese Verbrecher sonst noch anstellen, um die Herausgabe der Beweise zu erzwingen. Vermutlich war die kurze Luftschaukelfahrt vorhin nur ein harmloser Vorgeschmack auf das, was noch kommen wird.«

»Ihr könnt es nicht lassen«, jammerte der Autor. »Ihr könnt es wohl einfach nicht lassen, wie?«

»Ich kann mir inzwischen denken, wie die beiden Verbrecher planen, die Sache durchzuziehen«, ignorierte der Erste Detektiv die Befindlichkeiten des Schriftstellers und knetete konzentriert an seiner Unterlippe. »Sobald Hustler das Versteck der Beweise verraten hat, wird die Revolverfrau diese an sich bringen. Sie ist oben an der Bergstation geblieben und wartet auf das Startzeichen ihres Komplizen in der Talstation. Also vermutet sie wohl, dass das Versteck irgendwo bei der Hütte ist. Solange sie das Material nicht in den Händen hält, wird man uns deshalb hier drinnen schmoren lassen. Darauf müssen wir uns wohl oder übel einstellen, Kollegen. Es sei denn ...« Er sah aus dem Fenster.

»Es sei denn ... was?«, erkundigte sich Bob angespannt.

Peter blickte ebenfalls durch das Panoramafenster der Seilbahnkabine in die Tiefe. Der Himmel war wolkenlos und der Mond schien, sodass man die Entfernung nach unten gut einschätzen konnte. Und mit einem Mal begriff er, worauf Justus hinauswollte.

»Sieh doch, Erster!«, stieß er ihn an. »Dieser Felsvorsprung dürfte höchstens zwanzig Meter unter uns liegen!« Er zeigte auf einen Bergausläufer, der sich direkt unter ihrer Kabine entlangzog.

»Leidet ihr beiden jetzt etwa auch unter einem Höhenkoller?«, geriet Bob aus der Fassung. »Ihr beabsichtigt doch wohl nicht, hier irgendwie herauszukommen, um –«

»Um den Verbrechern einen Strich durch die Rechnung zu machen?«, brachte Justus Bobs Befürchtung auf den Punkt. »Doch, genau das beabsichtigen wir!«

Peter hatte sich in der Zwischenzeit in ihrem »Gefängnis« umgesehen und entdeckt, wonach er gesucht hatte: eine breite Klappe in der Decke der Transportgondel!

Kurz entschlossen stieg er auf die Sitzbank, stellte sich auf die Zehenspitzen, entriegelte den Schließmechanismus und ließ die Klappe nach unten aufgehen. Dahinter befand sich ein Hohlraum.

»Ihr seid doch verrückt!«, zischte Bob aufgebracht, während Peter einen überraschten Laut ausstieß und aus einem Fach ein zusammengerolltes Rettungsseil sowie einen Körpergurt hervorzog.

»Das ist unser Ticket in die Freiheit, Leute!«, rief er seinen Freunden zu.

»Wohl eher in deinen Tod!«, hielt Bob Peters Worten pessimistisch entgegen.

»Ich setze in Peters Kletterkünste mein vollstes Vertrauen«, widersprach Justus. »Außerdem bleibt uns keine Zeit für ellenlange Diskussionen. Dieser Teufel da unten wird nicht mehr lange stillhalten, und bis dahin sollten wir uns im Klaren darüber sein, wie wir strategisch vorgehen.«

Bob wirkte alles andere als zuversichtlich und machte aus seiner Skepsis keinen Hehl. »Wie wollt ihr den beiden denn mit eurem lebensgefährlichen Vorhaben zuvorkommen?«

Der Erste Detektiv umriss mit knappen Worten, wie er die

Pläne der beiden Verbrecher außer Kraft zu setzen gedachte. Bob lauschte den Erläuterungen anfangs nur mit größtem Widerwillen. Als Justus jedoch geendet hatte, zeigte er sich sichtlich beeindruckt.

»Alle Achtung, Erster! Das wird ein ziemlich wagemutiges Unternehmen! Aber die Idee ist gut! Mit etwas Glück könnte die Rechnung aufgehen ...«

Die Stunde der Wahrheit

Peter legte sich den Abseilgurt um, klinkte den Karabinerhaken des Seils an einer Öse, die sich am Rand des Kabinendachs befand, fest und ließ sich Stück für Stück in die dunkle Tiefe hinabgleiten. »Nur nicht runterschauen«, ermahnte er sich mit klopfendem Herzen, während das Seil in der schwindelerregenden Höhe hin- und herschwang. »Durchhalten … Gleich hast du es geschafft … Nur noch wenige Meter …«
Endlich, nach quälenden Sekunden, die ihm wie eine Ewigkeit vorkamen, spürte er plötzlich festen Boden unter den Füßen und atmete erleichtert auf. Hastig befreite er sich von dem Abseilgeschirr, löste den Sicherheitsgurt vom Seil und stopfte ihn in seine Jackentasche. Dann warf er einen Blick gen Himmel und orientierte sich an dem Kabel der Gondel, das in die Richtung des Gipfels wies. Mit schnellen Schritten setzte er sich in Bewegung.

Justus, Bob und Ben Hustler warteten derweil in der Seilbahnkabine unruhig auf den Rückruf des Verbrechers aus der Talstation. Zum wiederholten Mal warf der Erste Detektiv einen Blick auf die phosphoreszierenden Zeiger seiner Armbanduhr und zählte laut die Sekunden.
»Vier … drei … zwei … eins … null.«
In diesem Moment ertönte aus der Gegensprechanlage das laute Piepen. Es knackte, rauschte, dann meldete sich die Stimme: »Die Zeit ist verstrichen. Ist Hustler zu einer Aussage bereit?«

»Sie sind pünktlich wie die Maurer!«, konnte Justus sich eine kleine Stichelei nicht verkneifen. »Allerdings hat Mr Hustler erst vor wenigen Sekunden sein Bewusstsein zurückerlangt. Daher würde ich Sie höflichst bitten, sich mit Ihren Befragungen noch ein wenig in Geduld zu üben, damit er sich zumindest *etwas* wieder erholen kann.«

»Kein Aufschub mehr!«, entgegnete die Stimme, zu keinem Kompromiss bereit. »Wenn Hustler jetzt nicht redet, setzen wir die Seilbahn wieder in Bewegung. Doch dieses Mal ohne Rücksicht auf Verluste. Könnt ihr das verantworten?«

»Nein!«, rief der Autor hysterisch. »Ich gebe Ihnen alles, was Sie wollen. Aber setzen Sie diesem Horror endlich ein Ende! Ich will hier raus, um jeden Preis!«

»Sehr vernünftig, Hustler. Dann pack mal aus: Wo werden wir fündig?«

»Oben im State Park«, sagte der Schriftsteller frustriert. »Allerdings nicht in der Ranger Station. Mir schien dieser Ort für die Aufbewahrung nicht sicher genug. Können Sie das nachvollziehen? Das Material ist zu brisant«, versuchte er, Zeit zu schinden, um Peter einen Vorsprung zu verschaffen.

»Quatsch keine langen Opern, Mann!«, ließ sich die Stimme jedoch nicht ablenken. »Wo genau hast du die Beweise versteckt? Und was genau werden wir dort finden?«

»Es sind Aufnahmen aus dem Schalter der Bankfiliale. Vier Fotos insgesamt. Daraus geht eindeutig hervor, dass Angie das Verbrechen begangen hat und nicht meine Mutter, hören Sie? Meine Mutter war von Anfang an unschuldig! Und Angie hat sie auf dem Gewissen! Meine Mutter wäre noch am Leben, wenn ich ihr doch nur –«

»Wo hast du die Fotos versteckt?«, fragte die Stimme zum wiederholten Mal. »Wenn du nicht augenblicklich redest, wirst du die nächsten Minuten nicht überleben, das garantier ich dir. Also mach endlich dein verdammtes Maul auf!«

Ben Hustler spürte, dass es nun keinen weiteren Aufschub mehr gab. »Ja doch! Östlich der Ranger Station, etwa fünfzehn Minuten Fußmarsch von dort entfernt, befindet sich eine weitere Hütte: das Adventure Center, wo Touristen Wanderkarten kaufen und Touren buchen können. Auf der Rückseite steht eine große Raufe für Rehe und Hirsche. Im linken vorderen Holzpfahl ist oben ein Hohlraum. Darin befinden sich die Fotos, zusammengerollt und in einem Gefrierbeutel verschweißt. Die Öffnung des Pfahls ist mit einem breiten Korken verschlossen. Er lässt sich aber kinderleicht entfernen.«

»Na also, Hustler«, frohlockte die Stimme. »Warum denn nicht gleich so? Und ich hoffe, du bist dir bewusst: Falls das ein Trick sein sollte oder sich noch weitere Kopien der Fotos in deinem Besitz befinden, ist es leider aus mit euch. Wir wissen, wo wir dich finden – und die drei ›oberschlauen‹ Jungs auch!«

»Dessen bin ich mir vollkommen bewusst.« Der Autor zitterte auf seiner Bank in der Seilbahnkabine. »Ich schwöre Ihnen bei meinem Leben, dass ich nichts dergleichen wagen würde!«

»Warten wir es ab! Sobald wir die Fotos haben, werde ich dafür sorgen, dass ihr bald wieder auf sicherem Boden steht. Doch bis dahin werdet ihr euch noch ein wenig gedulden müssen …«

Es knackte und piepte. Die Sprechverbindung war unterbrochen.

Ben Hustler atmete tief durch und rückte nervös seine Brille zurecht. »Jetzt heißt es also abwarten und Tee trinken.«

»Einen Tee können wir Ihnen leider nicht anbieten, Sir«, sagte der Erste Detektiv, »aber vielleicht können Sie uns stattdessen nun mal endlich reinen Wein einschenken, worum wir Sie schon so lange bitten. Und kommen Sie uns bitte nicht mehr mit der Masche, dass Sie laut Vertragsklauseln an eine Schweigepflicht gebunden sind. Von der werden Sie so oder so abrücken müssen, denn falls unser Plan aufgehen und das Duo von der Polizei dingfest gemacht werden sollte, werden wir anhand des daraus resultierenden Geständnisses eh alles erfahren. Falls Peter jedoch mit seinem Vorhaben scheitert und der Plan schiefgeht, werden die beiden furchtbare Rache an uns üben. Also erleichtern Sie nach all den Strapazen endlich Ihr Gewissen!«

»Angie ist die Frau mit dem Revolver, richtig?«, versuchte Bob dem Autor eine Brücke zu bauen. »Sie war Ihre Freundin, von der Sie sich vor einer Weile getrennt haben. Das konnten wir zumindest einem Zeitungsartikel entnehmen. Hat sie – wie Loomy in Ihrem Roman – im tatsächlichen Leben eine Bank ausgeraubt und anschließend Ihre Mutter, Sir … ich meine … hat *sie* etwa …?« Er brachte es nicht über die Lippen, den Satz zu beenden.

»Angie hat während unserer kurzen Beziehung dafür gesorgt, dass ich meine Mutter verstoßen habe!«, brach es aus Ben Hustler plötzlich wie heiße Lava aus einem Vulkan hervor. »Sie hatte es von Anfang an nur auf mein Geld abgesehen, musste aber irgendwann einsehen, dass sie da nicht einfach so rankommen würde. Ich hatte die Abwicklung meiner Finanzen nämlich ausschließlich meiner Mutter übertragen. Das viele Geld, das ich durch meine Bücher verdiene, interessiert mich bis heute nur herzlich wenig. Angie gefiel das. Angeblich. Sie gab vor, mich für diese Einstellung umso mehr zu lieben, und bekundete ständig, dass sie sich ebenfalls nichts aus Luxus machen würde. Ein bescheidenes Heim mit schlichten Möbeln und ein kluger, attraktiver Mann wie ich würden ihr völlig ausreichen, um das wahre Glück auf Erden genießen zu können! Meiner Mutter aber missfiel Angie. Wahrscheinlich hat sie geahnt, dass die ein böses Spiel mit mir spielte. Sie hatte keinerlei Verständnis für Angies krankhaften Zwang, sich ständig und in jeder erdenklichen Situation schminken zu müssen. Ich führte diesen Spleen auf ihren früheren Beruf als Maskenbildnerin zurück, den sie aufgrund eines schrecklichen Verkehrsunfalls, bei dem sie eine lebensgefährliche Kopfverletzung erlitten hatte, nicht mehr ausüben konnte.«

»Daher also der metallene Hinterkopf«, bemerkte Bob leise.

Ben Hustler nickte. »Jedenfalls kam es zwischen Angie und meiner Mutter immer häufiger zu heftigen Auseinandersetzungen, bis Angie eines Tages von mir forderte, dass ich mich zwischen ihr und meiner Mutter entscheiden müsse. Als ich ihr zu verstehen gab, dass sie das unmöglich von mir verlangen könne, verschwand Angie und kehrte nicht mehr zurück.«

»Doch dann ist etwas geschehen, das Sie dazu veranlasst hat, ihr die Rolle des Mörders Loomy in dem Roman *Höhenangst* auf den Leib zu schreiben«, drängte Justus den Autor zu weiteren Aussagen. »Was hat es damit auf sich?«

»Einige Tage nachdem Angie mich verlassen hatte, erhielt ich von meiner Bank einen seltsamen Anruf. Die Filialleiterin fühlte sich aus Sicherheitsgründen dazu verpflichtet, mich davon zu unterrichten, dass meine Mutter in letzter Zeit bereits vier Mal eine größere Geldsumme von meinem Konto abgehoben hätte. Ich dachte mir zunächst nichts dabei, zumal sie ja eine Vollmacht besaß, und ließ die Filialleiterin wissen, dass meine Mutter frei über meine Finanzen verfügen dürfe. Doch dann fielen mir einige Wochen später durch einen Zufall die Kontoauszüge in die Hände, auf denen die Summe verzeichnet war, die meine Mutter laut Angabe der Filialleiterin persönlich von der Bank abgehoben hatte: 450 000 Dollar!«

Bob stieß einen überraschten Pfiff aus. »Ich hatte bisher nicht den blassesten Schimmer, dass man als Autor so viel Geld verdienen kann!«

Ben Hustler überhörte diese Äußerung. »Ich wollte natürlich von meiner Mutter wissen, wozu sie diesen horrenden Betrag – dazu noch in bar – benötigt hatte, und fiel dann vom Glauben ab, als sie mir hoch und heilig versicherte, für diese Tat nicht verantwortlich zu sein. Was dann folgte, endete in einem wahren Nervenkrieg: Mehrere Bankmitarbeiter schworen einen Eid darauf, dass sie meiner Mutter das Geld persönlich ausgezahlt hätten. Ich wiederum zog die Worte meiner Mutter in Zweifel, zumal die Unterschriften auf den Blankoschecks mit der ihren übereinstimmten. Meine Mutter begann wiederum, *mir* zu misstrauen, und sie äußerte den Verdacht, ich wolle sie entmündigen. Diese Belastung führte zwischen uns zu einer räumlichen und persönlichen Trennung. Wenige Wochen darauf verstarb sie an einem gebrochenen Herzen ...«

Bob musste unwillkürlich schlucken. »Und was hatte Ihre Freundin Angie damit zu schaffen?«

»Liegt das nach unseren Ermittlungen nicht auf der Hand, Bob?«, sprach Justus seine Vermutung aus. »Angie ist eine hervorragende Maskenbildnerin. Sie suchte, als Mrs Hustler senior verkleidet, mehrmals die Bankfiliale auf und ergaunerte mithilfe gefälschter Schecks nach und nach die besagte Summe. Sie hatte sich häufig genug bei den Hustlers aufgehalten, um sich die nötigen Informationen, Schecks und Unterschriften für diesen Coup anzueignen. Aus Angst davor, dass ihr Mr Hustlers misstrauische Mutter auf die Schliche kommen könnte, stellte sie Hustler vor die Wahl zwischen ihr und seiner Mutter. Zwar war ihr klar, dass er sich dann wohl eher für seine Mutter entscheiden würde, aber auch das war ganz in ihrem Sinne: Sie hatte einen Grund, sich aus dem Staub zu machen, und konnte sich gleichzeitig als von der Mutter gedemütigte Geliebte darstellen. So war es doch, oder?«

Der Autor nickte. »Du hast es erfasst, Justus. Nachdem meine Mutter dann beerdigt war, wurde ich nachts in meinen Träumen von Zweifeln geplagt. Ich fand keine Ruhe und suchte schließlich die Bankfiliale auf, um mir die Fotos geben zu lassen.«

»Die Fotos, die Sie anschließend in dem Holzpfahl der Raufe versteckt haben?«, hakte Justus nach. »Was ist darauf zu sehen, dass das Verbrecherpärchen so erpicht darauf ist, sie um jeden Preis in seinen Besitz zu bringen?«

»Angie vor dem Bankschalter – verkleidet als meine Mutter«, lüftete der Autor nun endlich das Geheimnis. »Die Ähnlichkeit war wirklich verblüffend! Mit dem schwarzen Hütchen und dem dunklen Gazeschleier vor ihrem Gesicht, den meine Mutter stets trug, sobald sie das Haus verließ, hätte man Angie für ihre Zwillingsschwester halten können, so perfekt war ihre Maskerade. Dennoch stach mir bei näherer Betrachtung der Fotos ein Gegenstand ins Auge, den sie zu entfernen vergessen hatte.«

»Sie hatte ihren verräterischen Armreifen nicht abgelegt«, schlussfolgerte Justus. »Und *Sie* hatten damit letztendlich die Gewissheit, wer sich in der Bank die 450 000 Dollar unter den Nagel gerissen hatte!«

»So war es – und so ist es, Justus.« Ben Hustler war zu einem Häufchen Elend zusammengesackt. »Nach dieser Erkenntnis brach in mir eine Welt zusammen. Ich machte Angie für den Tod meiner Mutter verantwortlich und habe mich daher an ihr gerächt!«

»Indem Sie den Roman *Höhenangst* verfassten, in dem Loomy, sinnbildlich für Angie, die ungeheure Tat begeht«, fügte Bob hinzu. »Jedoch in abgewandelter Form und weitaus drastischer als im Original.«

»Das ist *deine* Interpretation, junger Mann!«, entgegnete Ben Hustler vehement. »Im Nachhinein sehe ich es genau umgekehrt!«

»Aber was wollten Sie mit dieser Racheaktion erreichen, Sir?«, fragte der dritte Detektiv nach. »Wäre es nicht viel effektiver gewesen, wenn Sie einfach Ihre Exfreundin mithilfe der Beweisfotos bei der Polizei angezeigt hätten? Schon allein der Verlust der 450 000 Dollar wäre doch Grund genug gewesen!«

Der Autor schüttelte entschieden den Kopf. »Ich war mir sicher, dass Angie das Geld unverzüglich zur Seite geschafft hatte und ich es eh nie wiedersehen würde. Nein, mir ging es einzig und allein darum, dieser gewissenlosen Person das Leben ebenfalls zur Hölle zu machen – so wie sie es mit mir getan hatte! Ich wusste mit hundertprozentiger Sicherheit, dass sie meinen neuen Roman lesen würde. Und der erfundene Zeuge in meiner Story sollte eine nie versiegende Angst in ihr aufkommen lassen, dass eines Tages die Polizei doch noch bei ihr auftauchen und sie dingfest machen könnte!«

»Der erfundene Zeuge.« Bob gab einen genervten Laut von sich. »Wenn Sie auf den in Ihrem Buch verzichtet hätten, wäre uns drei Detektiven eine Menge Ärger erspart geblieben!«

»Ja, ja, und das tut mir sehr leid! Ich konnte ja nicht ahnen, dass es jemanden wie Harry auch in echt geben könnte.« Ben Hustler sah Bob zerknirscht an.

»Jetzt liegt alles in Peters Hand.« Justus warf einen besorgten Blick auf seine Armbanduhr. »Und wenn ich es richtig einschätze, müsste er bereits im vereinbarten Zielgebiet eingetroffen sein. Drücken wir ihm die Daumen, dass alles wie geplant abgelaufen ist …«

Ausgetrickst

Inzwischen war der Zweite Detektiv über schroffes Felsgestein ohne nennenswerte Probleme den Berg hinaufgeklettert. Im Schutz der umliegenden Tannen näherte er sich nun vorsichtig dem Adventure Center, hinter dem sich Ben Hustlers Angaben nach die besagte Raufe befinden musste.
Plötzlich schreckte Peter zusammen! Vor ihm, etwa zwanzig Meter entfernt, nahm er im Dickicht neben der Hütte eine Bewegung wahr. War es die Revolverfrau, die sich ebenfalls zur Krippe aufgemacht haben musste?
In diesem Fall wäre größte Eile geboten! Mit schnellen Schritten schlich er auf die Hütte zu, blieb dann stehen und lauschte in die Dunkelheit. Etwas entfernt knackte ein Ast! Gespannt hielt Peter den Atem an. Weitere Äste knackten. Dann Stille. Er pirschte sich weiter voran, umrundete die Hütte und wich augenblicklich zurück. Nur einen Meter vor ihm stand die Frau mit dem Lackmantel an der Raufe! Sie hatte ihm den Rücken zugekehrt und war gerade im Begriff, aus dem Hohlraum des linken Holzpfahles die Beweisfotos herauszuziehen. Die Pistole hatte sie offenbar weggesteckt.
Dem Zweiten Detektiv blieb keine Zeit für weitere Überlegungen. Mit enormem Schwung stieß er sie zu Boden und drehte ihr die Arme auf den Rücken.
Sie schrie gellend auf, wandte ihren Kopf und erkannte ihren Angreifer.
»Waaas? Wie kommst *du* denn hierher?«
Peter zog den Sicherungsgurt aus seiner Jackentasche und ver-

schnürte ihr damit die Handgelenke. »Halten Sie nur brav still, dann geschieht Ihnen auch nichts!«

»Bist du von allen guten Geistern verlassen?«, fauchte sie und spuckte angewidert feuchte Erde aus. »Binde mich *sofort* wieder los oder ich schreie um Hilfe!«

»Tun Sie sich keinen Zwang an und schreien Sie nur. Aber hier oben befindet sich zurzeit außer uns beiden niemand.« Dann griff der Zweite Detektiv mit der Hand zielstrebig in die Seitentasche ihres Mantels und nahm den Revolver und das Handy mit dem dazugehörigen Stimmverzerrer an sich.

»Was immer ihr auch vorhabt: Der Dreckskerl ist erledigt! Endgültig! Er wird nie wieder Fuß fassen können und sich vor Scham in den hintersten Winkel der Erde verkriechen müssen, sobald ich allen mitgeteilt habe, wem er seinen angeblichen Erfolg *tatsächlich* zu verdanken hat!«

Peter blickte sie fragend an. »Wie meinen Sie das?«

»Hustler ist der größte Lügner, den die Welt je hervorgebracht hat! Er und ein großes Talent – dass ich nicht lache!« Ihre kalten Augen waren voller Hass.

»Wovon um alles in der Welt sprechen Sie?«, drängte Peter sie nun energischer zu einer Antwort.

»Dieser Versager! Willst du wissen, weshalb er tatsächlich so verzweifelt war, nachdem seine Mutter vor einem Jahr gestorben ist?« Wieder spuckte sie einige Sandkörner aus. »Weil *sie* zuvor alle Romane unter seinem Namen verfasst hat! Mrs Hustler senior war bis zu ihrem Tod die wirkliche Autorin von Ben Hustlers Romanen!«

Peter blickte die Frau entgeistert an. »Das glauben Sie doch wohl selbst nicht!«

»Ich *glaube* es nicht nur – ich *weiß* es mit absoluter Sicherheit!«, stieß sie hasserfüllt aus. »Dieses alte Mütterchen wollte schon immer, dass aus ihrem verhätschelten Söhnchen mal eine große Berühmtheit wird! Doch dazu fehlte ihm leider das Talent! Und deshalb hat sie ihre selbst verfassten Thriller unter seinem Namen an den Verlag geschickt! Ben Hustler ist der größte Scharlatan, und ich werde dafür sorgen, dass es jetzt *alle* erfahren werden! Weltweit! Dieser Mann ist restlos erledigt!«

In der Seilbahnkabine hatte sich Ben Hustler, zumindest was seine Höhenangst betraf, einigermaßen gefasst. Das Gespräch hatte ihm offenbar gutgetan, er schien erleichtert darüber, sein Geheimnis nicht mehr mit sich herumzuschleppen.
Dies veranlasste Justus, dem Autor eine weitere wichtige Frage zu stellen. »Eins begreife ich noch nicht, Sir: Wenn Sie so extrem unter Akrophobie leiden, wie ist es da für Sie möglich, einen Arbeitsplatz in einer Höhe von über zweitausend Metern über dem Meeresspiegel anzumieten, der nur mit dieser Seilbahn zu erreichen ist?«
Trotz der angespannten Situation huschte ein kurzes Lächeln über Ben Hustlers Gesicht. »Ein alter Schulfreund, der oben auf der Ranger Station beschäftigt ist, hat mir einen Passierschein organisiert. Damit bin ich berechtigt, mit meinem Geländewagen die Ausfahrtsstraße aus Richtung San Bernadino zu nutzen, die sonst nur den Rangern –«
Das unvermittelte Piepen aus der Gegensprechanlage ließ den Autor schlagartig verstummen.
»Guten Abend, die Herren«, meldete sich die elektronisch verfremdete Stimme. »Bisher erfolgte von der Bergstation

noch keine Rückmeldung, obwohl bereits dreißig Minuten seit unserer letzten Kontaktaufnahme verstrichen sind. Gibt es dafür von eurer Seite vielleicht eine Erklärung?«

»Wie meinen Sie das?«, mimte der Erste Detektiv den Unwissenden. »Worauf wollen Sie hinaus?«

»Nun, ich könnte mir sehr gut vorstellen, dass es Hustler in manchen Fällen mit der Wahrheit nicht allzu genau nimmt und deshalb –«

Aus dem Hintergrund war das leise Klingeln eines Handys zu vernehmen. Die Stimme hielt kurz inne und wandte sich dann dem Anrufer zu. »Ja? Berichte! … Das hört sich gut an! … Ausgezeichnet! … Warte einen Moment, ich schalte auf Mithören, dann kannst du ihnen die frohe Kunde selbst zuteilwerden lassen!« Es knackte kurz. »Also los!«

»Guten Abend, die Herrschaften!«, meldete sich nun eine zweite verfremdete Stimme. »Alles ist bestens verlaufen. Ich halte die Beweisfotos sicher in meinen Händen. Damit ist die Sache für euch – sowie für uns – erledigt! Die Seilbahn wird sich daher gleich in Bewegung setzen und euch zurück ins Tal geleiten. Doch wir, mein ›Schatz‹, werden uns wohl erst auf dem Polizeipräsidium wiedersehen!«

»Was soll das heißen?«, entgegnete die andere Stimme entgeistert. »Was meinst du damit?«

Dann ging plötzlich alles sehr schnell: Aus der Gegensprechanlange ertönte ein Poltern, Glas splitterte und Männerstimmen erteilten Befehle.

»Hände hoch! Polizei! Leisten Sie keinen Widerstand!«

Und noch eine weitere Stimme war zu vernehmen. »Just, Bob und Mr Hustler! Könnt ihr mich hören?«

»Das ist Peter!«, rief der Erste Detektiv begeistert und trat näher an die Gegensprechanlage heran. »Kannst du uns hören, Zweiter? Wie ist die Verständigung?«

»Eins a, Erster! Alles hat wie am Schnürchen geklappt. Ich habe die Frau überwältigt, die Waffe und das Handy mit dem Stimmverzerrer an mich gebracht und wie vereinbart die Polizei verständigt!«

»Und dazu noch Angies Komplizen mit dem Stimmverzerrer hervorragend ausgetrickst«, rief Bob begeistert.

»Angie?«, erkundigte sich Peter irritiert. »Heißt so die Revolverfrau?«

»Sorge bitte erst einmal dafür, dass wir hier schleunigst und sicher wieder herunterkommen, Zweiter«, trieb ihn Justus zur Eile an. »Alles andere erfährst du später.«

Nachlese

Am folgenden Nachmittag traf Bob als Letzter in der Zentrale der drei Detektive ein. Er ließ sich auf den Sessel plumpsen und strich sich genussvoll über den Bauch.

»Ach, das war herrlich!«, schwärmte er noch immer. »Ich musste mein Friedensangebot einlösen und war mit Lesley bei Antonio, dem besten Italiener in Rocky Beach, gleich neben *Booksmith*. Die Pizza ›Hitchcock‹, die wir uns geteilt haben, war der absolute Hammer! Mörderisch scharf und mit einer doppelten Portion blutroter Tomatensoße!«

»Dann hat sie dir also offensichtlich verziehen und ihr zwei seid jetzt ein Bauch, ein Herz und eine Seele«, stichelte Peter vergnügt.

»Was soll das heißen, *sie* hätte mir verziehen? Es war genau umgekehrt! Schließlich hatte ich es doch *ihr* zu verdanken, dass sie Angies Komplizen erst richtig damit in Fahrt gebracht hat, als sie ihm gesteckt hat, dass wir Detektive sind. Meint ihr etwa, er hätte sonst auch versucht, mich mit seinem Wagen zu überfahren?«

»Ist ja gut, Bob«, versuchte Justus ihn zu bremsen. »Von Inspektor Cotta weiß ich inzwischen, dass Brian Fox, wie Angies Komplize und Lebensgefährte heißt, dich mit diesem Manöver nur einschüchtern wollte, aber nicht die Absicht hatte, dich tatsächlich umzubringen.«

»Das klingt ja äußerst beruhigend, Erster! Hatte Cotta denn sonst noch etwas Interessantes zu berichten?«, wollte Bob wissen.

Justus nickte. »Die beiden haben bereits ein umfassendes Geständnis abgelegt. Dabei kam heraus, dass diese Angie, die mit Nachnamen übrigens Taylor heißt, und Brian Fox schon seit Jahren ein Paar sind. Die Beziehung zu Hustler war von vornherein darauf angelegt, an sein Geld zu kommen. Die beiden hatten zunächst geplant, Ben Hustler nach seiner Signierstunde bei *Booksmith* ein wenig einzuschüchtern und die Beweise von ihm zu fordern, weil Angie andernfalls sein ›kleines Geheimnis‹ ausplaudern würde. Angie und Brian hatten sich nämlich bereits *vor* dem regulären Veröffentlichungstermin von *Höhenangst* ein Vorabexemplar besorgt, da insbesondere Angie äußerst erpicht darauf war, in Erfahrung zu bringen, was Ben Hustler nach dem Tod seiner Mutter seinen Fans präsentieren würde. Als seine Exfreundin wusste sie ja, dass Mrs Hustler senior seine Ghostwriterin war, und ging bestimmt davon aus, dass es ein Fiasko für ihn geben würde. Umso mehr muss sie geschockt gewesen sein, als sie beim Lesen nach und nach erkannte, dass Ben Hustler in diesem Thriller *ihre* Geschichte verarbeitet und ihr darin die Rolle des Mörders Loomy verpasst hatte, der nach einem Bankraub die Mutter eines Mannes namens Milton Foster umbringt. Foster leidet in dem Roman unter Akrophobie und somit konnte sich Angie an fünf Fingern abzählen, dass es sich bei dieser Figur im wahren Leben um Ben Hustler selbst handelte und er ihr damit unmissverständlich klarmachte, dass er wusste, dass *sie* es war, die sein Konto um 450 000 Dollar erleichtert hatte.«

»Ben Hustler hatte sich mit diesem Racheakt auf ein gefährliches Spiel eingelassen«, fuhr Peter fort. »Er wusste, dass Angie wiederum wusste, dass Mrs Hustler senior all seine vorigen

Bücher als Ghostwriterin verfasst hatte. Doch das durfte niemals an die Öffentlichkeit gelangen. Als Faustpfand hielt Ben Hustler die Beweise gegen Angie Taylor in der Hand: die Fotos aus der Bankfiliale mit dem verräterischen Armreifen. Sie hatten sich also gegenseitig in der Hand und konnten jederzeit eine Bombe hochgehen lassen!«

»Der Stein kam jedoch erst richtig ins Rollen, als Brian Fox glaubte, dich, Bob, bei *Booksmith* als den Zeugen erkannt zu haben, den sich Ben Hustler in seiner Story aber nur ausgedacht und hinzugefügt hatte, um Angie Taylor damit psychisch unter Druck zu setzen. Nach wie vor ein erstaunlicher Zufall, dass Harrys Beschreibung mit dem Leberfleck genau auf dich zutraf, Dritter! Und ein unglücklicher Zufall, der verheerende Folgen nach sich ziehen sollte. Brian Fox fotografierte dich bei *Booksmith* mit seinem Handy, zeigte die Aufnahmen Angie Taylor, und beide schienen anschließend felsenfest davon überzeugt zu sein, dass *du* derjenige bist, dem es galt, die Beweise wieder abzunehmen! Der Rest ist bekannt: Das saubere Pärchen sitzt bereits hinter Gittern und Ben Hustler ist ein freier Mann!«

Bob verzog skeptisch das Gesicht. »Ein freier Mann vielleicht schon, Erster. Aber im Verlauf des Prozesses wird doch mit Sicherheit die Information durchsickern, wer seine ersten acht Thriller *tatsächlich* verfasst hat.«

»Und wenn schon! Damit wäre Ben Hustler vermutlich sogar noch ein großer Gefallen getan«, prognostizierte Peter zuversichtlich. »*Höhenangst* rangiert mittlerweile auf Platz eins sämtlicher Bestsellerlisten, und die Fünf-Sterne-Rezensionen seiner Fans überschlagen sich!«

Bob nickte begeistert. »Na klar, du hast recht, Peter! Er hat ja mit seinem ›Erstlingswerk‹ eindeutig bewiesen, dass er ebenfalls äußerst spannend schreiben kann. Vielleicht sogar noch besser als seine Mutter!«

»Hat offenbar viel von ihr gelernt«, bemerkte Justus.

»Und wo wir grad beim Thema sind: Wenn ihr mich jetzt bitte entschuldigen würdet …« Bob erhob sich vom Sessel und zog seine Jacke an.

Justus und Peter wechselten fragende Blicke.

»Ist was, Dritter? Hast du was Wichtiges vor?«

»Wo willst du denn so plötzlich hin?«

Bob grinste. »Ich muss dringend nach Hause. *Höhenangst* zu Ende lesen. Mir fehlen zwar nur noch die letzten zwanzig Seiten, aber ich will und muss jetzt endlich wissen, wie die Geschichte ausgeht!«

Die drei ???®

Erlebe spannende Abenteuer!

- ☐ und das Gespensterschloss
- ☐ und die schwarze Katze
- ☐ Der finstere Rivale
- ☐ Geister-Canyon
- ☐ Fluch des Piraten
- ☐ Pfad der Angst
- ☐ Botschaft aus der Unterwelt
- ☐ Im Netz des Drachen
- ☐ Im Zeichen der Schlangen
- ☐ GPS-Gangster
- ☐ und das blaue Biest
- ☐ Tuch der Toten
- ☐ Eisenmann
- ☐ Dämon der Rache
- ☐ und der gestohlene Sieg
- ☐ Schattenwelt Trilogie
- ☐ Der gefiederte Schrecken
- ☐ Die Rache des Untoten
- ☐ Im Haus des Henkers
- ☐ Das Kabinett des Zauberers
- ☐ und die flüsternden Puppen
- ☐ und der Hexengarten
- ☐ und der Mann ohne Augen
- ☐ Insel des Vergessens
- ☐ Signale aus dem Jenseits
- ☐ und der unsichtbare Passagier
- ☐ und die Kammer der Rätsel
- ☐ Verbrechen im Nichts
- ☐ Im Bann des Drachen
- ☐ Schrecken aus der Tiefe
- ☐ und die Zeitreisende
- ☐ Im Reich der Ungeheuer
- ☐ Geheimnis des Bauchredners
- ☐ und der grüne Kobold
- ☐ Im Auge des Sturms
- ☐ Die Legende der Gaukler
- ☐ Höhenangst
- ☐ Feuriges Auge Trilogie
- ☐ Das weiße Grab
- ☐ und der Zeitgeist 6 Kurzgeschichten
- ☐ und der schwarze Tag 6 Kurzgeschichtenr

ab €/D 8,99

kosmos.de/die_drei_fragezeichen

Preisänderung vorbehalten